洋笙情

谈美——

著

陕西新华出版

太白文艺出版社·西安

图书在版编目（CIP）数据

洋笙情 / 谈美著 . -- 西安 : 太白文艺出版社 ，
2025. 1. -- ISBN 978-7-5513-2842-5

Ⅰ . I247.5

中国国家版本馆 CIP 数据核字第 2024BG5792 号

洋笙情
YANGSHENGQING

作　者　谈　美
责任编辑　姚亚丽
封面设计　黄千芮
出版发行　太 白 文 艺 出 版 社
经　销　新华书店
印　刷　廊坊市海涛印刷有限公司
开　本　710mm×1000mm　1/16
字　数　93 千字
印　张　12
版　次　2025 年 1 月第 1 版
印　次　2025 年 1 月第 1 次印刷
书　号　ISBN 978-7-5513-2842-5
定　价　58.00 元

联系电话：029-81206800
出版社地址：西安市曲江新区登高路 1388 号（邮编：710061）
营销中心电话：029-87277748 029-87217872

一

　　华灯初上，北源市第一完全小学校园内人山人海，灯火通明，这里正在举行"庆祝抗日战争胜利暨校友联谊文艺晚会"，这是1946年7月的一天。除各届校友参加外，学校还邀请了社会各界名流、全校的老师和高年级的同学。因为这样免费观看的演出实在太少，所以不在邀请范围内的家长以及附近的青年蜂拥而至，把校园挤得水泄不通，学校瞬间成了人的海洋。小小的舞台上，走马灯似的上演着各种小型节目，有童声大合唱，有独唱、快板、晋剧，有学生自编自演的、风趣的活报剧①和民族器乐演奏。最吸引人的,是今晚的压轴节目——校友刘耀武演出的男声独唱《满江红》。刘耀武是青年人心中的明星。他擅长饰演年轻女性,演得俊俏婀娜、惟妙惟肖,深受广大青年观众的喜爱。今天他一反常态,以男儿身上台,扮相英俊潇洒、风流倜傥。那铿锵有力、感情充沛的歌声,令全场观众倾倒。经久不息的掌声,使他不得不又唱了一支《黄河船夫曲》。这一曲,更引起观众的共鸣,于是台上台下,男声、女声、成人略带沙哑的声音、儿童稚嫩清脆的嗓音混在一起,使整个校园沸腾起来,歌声嘹亮,群情激昂。主持人走上台口宣布:今晚正式节目的演出到此为止,下面由各位校友自告奋勇上台表演。主持人的话音刚落,一位姑娘款款走上舞台,她手中拿着一支银光闪亮的洋笙(北源土语,即口琴)走到台口。她穿着一身白色衣裤,非常合体,配以一条装有铜饰的宽腰带,恰好显示出她苗条的身材和曼妙的曲线;头戴一顶瓦灰色的鸭舌帽,脚蹬黑色的长靿皮靴,新颖摩登,和本地的姑

---

① 《活报剧》是新中国成立前及成立初期,在街头或其他比较简易的场所演出的小戏,剧情简单有强烈的讽刺性。

娘有天壤之别。她的皮肤白里透红，五官俊美，双瞳剪水，明眸皓齿，浓而长的眼睫毛扑闪扑闪的，让那双会说话的眼睛看起来更加灵动、更加迷人。她用嘎巴溜脆的京腔自报家门："我叫白桂荷，是本校的校友，今天给大家献上洋笙独奏《黄水谣》，希望大家喜欢。"她的花容月貌使全场观众惊叹不已，掌声和起哄的声音此起彼伏。她的琴声悠扬悦耳，娓娓动听，一会儿凄楚悲凉，催人泪下，一会儿慷慨激昂，振奋人心，更使全场观众听得如痴如醉。大家使劲地鼓掌，高声地喊着，许多人向舞台方向移动，被负责安保的人员拦住，才没有冲上舞台。

演出结束了，晚会的主办方——社会名流和学校的领导一起走上舞台和演员握手表示祝贺，演员之间也互相握手。大家都争先恐后要和白桂荷握手，她都彬彬有礼地一一给予回应，但是都像蜻蜓点水一样。刘耀武最后一个和白桂荷握手，但与众不同的是，这两双手握在一起便不愿分开，两双火辣辣的眼睛互相凝视着，有一见钟情、相见恨晚的意味。站在舞台旁边的白桂荷的姐姐白桂梅，看到这一幕心里又喜又急：喜的是妹妹引起这样的轰动，自己的脸上甚至全家人的脸上都有光彩；她这个从来不知道男女感情的木头疙瘩，今日豁然开朗；急的是这样混乱的场面，希望不要出什么事情。所以她赶紧招呼妹妹跳下舞台，与同来的同学一起簇拥着她赶快离开了校园。

白桂荷出身名门，她的父亲白子厚经营着北源规模最大的一家皮革作坊，是名副其实的富商。白子厚没有儿子，只有两个女儿，白桂荷排行老二，人称白家二小姐。她在北源完成小学一至四年级的学业后，就到天江和姑母一起生活，在天江完成了高小和初中的学业，前几天才回到北源度假避暑。她的性格自主、独立、坚强，但对儿女情长的事好像懂得很晚。到情窦初开的年纪，她还是懵懵懂懂的。如今已十八岁了，按理说，应该到了"春色满园关不住"的年龄，白桂荷却从未有任何想法。她不但容貌俊美、身材绝佳，而且学业出众、性格开朗，还会拉小提琴，自然吸引了许多追求者，情书纷至沓来，还有不少人上门提亲，其中不乏出身豪门、功成名就的青年才俊。但她都未曾有丝毫动心，通通予以拒绝。而今天，她看到刘耀武的时候却瞬间眼前一亮，心中一震，产生了从来没有过的感觉。她觉得他似曾相识，就是她的意中人，就是她心中的白马王子，好像堤坝被打开了闸口，情感如洪水倾泻而出，变得一发不可收。她的做事风格是自己想做的事就一定要做，就要不顾一切地去做。她想要接近他、亲近他，恨不得立刻飞到他的身边。听到主持人欢迎校友自告奋勇上台表演，她立马想登台进入他的视线，在他面前展示才能。她本有一副银铃般的嗓音，但不巧的是，这两天感冒了，声音略显沙哑，身边又没带小提琴，也不能一展绝技。正在着急当中，她突然想到身上还有洋笙，也可解燃眉之急，于是就登上舞台，表演了洋笙独奏，却意外收到了很好的效果，也实现了和刘耀武接触的愿望。

当晚夜深人静，白家两姐妹同睡在一盘炕上，而且室内再无他人，可以毫无拘束地敞开心扉，话题自然而然谈到了今晚的晚会，更离不开刘耀武。因为姐姐白桂梅和刘耀武是同班同学，所以对他了解甚多。姐姐首先介绍了刘耀武的家庭情况，刘耀武从小丧母，和父亲相依为命。父亲把他视为天赐麟儿，他对父亲也是百般孝顺、唯命是从。他聪明过人，很有才干，前年电报局对外招聘，有三十多人报名应试,他以第一名的成绩被录取。经过不到两年的锻炼,他不但熟练掌握了收报、发报、译报的技术,还能修理收发报机,所以深得上司的垂青。桂荷说:"刘耀武确实是文艺方面的好苗子,他的扮相、做派、嗓音都很好。"桂梅接着说:"你还没看见他演的女角,那扮相超过了坤角,比你我都漂亮,身材苗条,动作妩媚动人,嗓音甜美悦耳。据说他受过高人指点,四功五法都有一定基础。可是,后来他不演女角了。"桂荷疑惑地问道:"为什么呢?""那就不知道了,你只有去问他了。"姐姐说。桂荷未等话音落下便接道:"我又不认识人家,我怎么去问?""看你俩手握得那么紧,那么亲密,怎么说不认识呢?"妹妹用力拧了姐姐一把,姐妹俩都咯咯地笑了。

过了一会儿,妹妹憋不住又问姐姐:"他的人品、为人处世怎么样呢?""人可是绝对优秀。"姐姐又打开了话匣子,"刘耀武的忠厚、老实、善良都出了名了,我们有一个同学名叫韩汝福,去年得了急性盲肠炎,生命垂危,急需手术,可是家穷,拿不出十块大洋的手术费,父子俩急得团团转,却没有办法。刘耀武出头了,他自己拿出五块大洋,又发动同学捐助,很快凑够了手术费,救了韩汝福一命。"妹妹又问:"既然是同班同学,你就没有出点血?"

姐姐说:"我拿了两块大洋,不过这事儿你可不能跟任何人说,免得你姐夫知道又吃醋,和我生气。"妹妹说:"这就蹊跷了。难道你和这个韩汝福还有什么隐情?"姐姐拧了妹妹一把:"你这小东西,让你胡说。"

一阵嬉笑过后,妹妹又问起了刘耀武:"既然他这么优秀,又这么善良,就没有女孩子追求他?"姐姐笑道:"当然有,我们班就有两个同学喜欢上了他,家长也出面请人递话,可是他一个也看不中。""不想接近女孩子,又擅长演女角,扮相又活脱脱地像一个少女,难道他是一个阴阳人?就是北源人说的'二尾子'?"姐姐略想了一会儿,说:"看起来不像。你看他的喉结有多明显,下巴上的胡子有多黑多密,今天晚上演的男角,不是也唱得粗犷洪亮吗?哎,哎,你是不是真的爱上他了?"妹妹又使劲儿拧了姐姐一把:"这个死东西,让你胡说。"又是一阵咯咯的笑声。不大一会儿,笑声渐渐地变成了轻微的鼾声。

这天晚上,刘耀武的情绪也是极为亢奋,躺在炕上像翻烙饼一样,辗转反侧，难以入睡。他想到了晚会上自己的表现还算可以，观众反应也很好，自己也比较满意，更重要的是想到了自己和那如天上掉下来似的美人白桂荷短暂握手的情形，还有那漂亮的容貌、细嫩的肌肤、婀娜的身姿、摩登的做派，甚至想到了她身上那淡淡的茉莉花香与热情洋溢的少女气息，是说不出的那种迷人气息。那一颦一笑、一举手一投足，都是那样迷人。想到这些，他不由得热血涌动，心中悸动难平，感觉自己深深迷恋上了她。可不一会儿，另一种悲观的情绪就占了上风。他心想：白桂荷是出自名门的千金小姐，自己却是手艺人的儿子，她的文化水平、她的艺术修养都极高，自己却难以望其项背。她是美丽动人的白天鹅，自己却是深井里的青蛙，别异想天开了。再过一会儿，他又想：不能这样妄自菲薄，不是有句"有缘千里来相会，无缘对面不相逢"的话吗？我们好像是有缘，不然的话怎么会远隔千里却能相遇呢？对，肯定是有缘。古时不是有王宝钏配上薛平贵吗？我刘耀武总不像薛平贵那样穷到当乞丐吧？有缘就有成功的可能，我就不能自暴自弃。

二

　　刘耀武和白桂荷还真有缘，在几天后，他们就又一次邂逅了。

那是在一个星期六的晚上，在中山堂的夜市上。

　　中山堂建于日寇占领时期，原名叫公会堂，抗日战争胜利以后，

改名为中山堂。它规模宏大，富丽堂皇，是北源唯一的电影院，兼

演戏剧。在盛夏季节，有人利用它宽敞的二楼晒台和一楼门厅及门

前的小广场开设了夜市，主要销售冷饮、花生、瓜子等小吃。二楼

晒台是台球厅，为少数有钱且新潮的青年人的娱乐场所，收费当然

不菲。门厅里躺着一台硕大的冰柜，里面装有许多砸成拳头大小的天然冰块，冰镇着各种颜色的汽水和啤酒，还有两台以天然冰为冷源的制作冰激凌、冰糕的小型机器。门前广场上整整齐齐地摆放着清一色的乳白色小餐桌和椅子。头顶上方是五光十色的电灯泡，一到掌灯时分，灯泡点亮，把桌椅、人脸和整个广场，照得光怪陆离。穿着短袖上衣和短裙的年轻漂亮的女招待，像蝴蝶一样在其间飞舞穿梭。广场的中央摆着一只带喇叭的戏匣子（留声机），不停地播放着周璇、王人美、胡蝶等当红明星演唱的《何日君再来》《桃花江》《四季歌》《天涯歌女》等流行歌曲，歌声软绵绵、甜丝丝的，撩拨着年轻食客，使人感到几分惬意、几分兴奋，还有几分飘飘然。

因刘耀武的父亲比较古板，一到晚上便关门闭户，所以刘耀武也养成了每天晚上在家学习的习惯，很少出门。但自从跟白桂荷那一次握手以后，他仿佛变了一个人，不那么沉稳了。这个星期六的晚上，他仍然看书心不在焉，写字心慌意乱，帮父亲干活也是敷衍了事。父亲看出了他的心神不宁，就说："你也出去散散心吧。年轻人不要老待在家里。反正明天不上班，晚起一会儿不要紧。"于是，他穿着那套电报局的制服，梳了梳头，拿了几张零钱就出门了。

刘耀武来到中山堂的时候，这里人已经快坐满了。他先在周围的小贩跟前买了一包莲花豆，然后穿梭在挤挤挨挨的桌椅间找寻座位。突然，一个清脆亲切的女声叫他的名字。他循声看去，角落里是白桂梅姐妹俩，白桂梅在向他招手。天啊，这可是千载难逢的机会，这可是上天给予的恩赐和眷顾。他便敏捷地从人群中穿过来，到了二位小姐跟前，彬彬有礼地向两位问好。接着，白桂梅开口问："你怎么有时间来这儿？你不是老在家用功吗？"这句话显然是让妹妹听的。他说："笨鸟先飞嘛，生来愚笨就得多用点儿功。"三个人坐定，吸引了周围众人的目光。白家二姐妹都穿一身黑色的连衣裙，衬托得皮肤更加白净细腻，充满青春的活力，面颊白里透红、艳如桃花；开言吐语又是那么文明高雅，使那些衣着华丽、珠围翠绕、浓妆艳抹的女子相形见绌。刘耀武一身电报局的制服干干净净、平平展展。三个人真是鹤立鸡群。忽然，一个乞丐走到了刘耀武面前，是一个五十岁左右的妇女，背上还背着一个不到两岁的小孩。妇女瘦骨嶙峋，小孩满脸污垢，可怜兮兮地向刘耀武伸出了瘦得像鸡爪一样、沾满了灰尘的手。刘耀武赶快从兜里边掏出两张零钱给了她。

看到那个小孩两眼死死地盯着桌上的莲花豆，刘耀武又抓了一把莲花豆，塞到老妇人的手里。正在这个时候，负责安保的大汉手里拎着皮带过来了，抬手就要打这个老乞丐。刘耀武赶紧站起身来，伸出手臂护住了老乞丐，并对保安说："你看她还能受得了你的一皮带吗？你家没有老人吗？"这一切白桂荷看在眼里、暖在心里：啊，原来他真是一个善良的人。当他把那母子二人送出去再返回来时，桌子上已经多了一瓶汽水、一盘冰糕，看来钱已经付过了。刘耀武有些不好意思：哪有女士请男士的？他开口道谢："真不好意思，让大姐破费了。"这本是一句很寻常的话，却遭到白桂梅的调侃："谁是你大姐？别套近乎。"其实，她并不是真的不高兴，而是故意把话题往那方面引。刘耀武闹了个大红脸。白桂荷接过话茬："你俩是同学，你又比他大，叫个大姐，是理所当然的。"刘耀武随声附和："对，理所当然，理所当然。"白桂梅又进一步跟进："二比一，你们胜利了。"这一句又把两人说得面红耳赤。刘耀武有点汗颜，就自我解嘲地说："七月流火……现在都什么时候了，还这么热。"白桂荷要把话题引得更远:"这可不算热。咱们北源舒服多了,你去天江试试,又热又闷,真受不了。"刘耀武继续说:"天江可是个好地方,有名的大都会,我每天接收的电报好多来自天江,甚至比北平的还多。"白桂荷接着说:"天江的轻工业比较发达,又是进出口的港口城市,自然有好多生意人要和各地联络。"刘耀武接着问:"既然经济发达,那文化也一定发达了。"白桂荷说:"那是当然。大小戏园子多的是,有歌剧、戏剧。戏剧又有京剧、河北梆子、河南梆子、大口落子,还有大鼓、相声、评书、天江时调等,简直数不胜数。"

刘耀武说:"比起天江来,北源的文化太落后了,我们只有一个山西梆子剧团、一个电影院,有评书相声但不成气候。老百姓的文化生活太单调了。"白桂荷说:"你们不是成立了一个校友剧社吗?那是什么剧社?""几个年轻人有共同爱好,就凑到一起排一个小节目,打打坐腔,逢大节日出来演演戏。"刘耀武回复。白桂荷又说:"听说你擅长演女角。是真的吗?"刘耀武不好意思地说:"说不上什么擅长演女角,北源的女生比较保守,不肯上台。几个弟兄看我比较瘦小，要我演女角，实在没办法，我就献丑了。不过还真有戏剧演员看我演出后，教过我一些基本要领，比如什么四功五法。""那为什么又不演了呢？多可惜呀。"刘耀武慢条斯理地说："说来话长。我爹认为男人唱旦角有辱门风，死活不让我再演女角，我就听从父命，再不演女角啦。"白桂荷接着问："你就那么害怕你爸？"刘耀武说："不是怕。我母亲死得早，我爹既当爹又当娘地把我拉扯大，太辛苦了。现在他上了年纪，身体又不好，哪里忍心惹他生气呢？"白桂荷心里震了一下，好孝顺的人哪。刘耀武反过来问白桂荷："你们有没有类似的业余文艺活动呀？"白桂荷说："我们学校就有。有声乐、器乐爱好组，还有话剧社，我们还排过话剧《奥赛罗》片段。"白桂梅半天没机会说话，这时赶紧接过话茬："我妹妹还演过什么苔丝狄蒙娜呢。"白桂荷笑着说："快别出丑了。那只是同学们瞎玩儿，只在学校演过，也没有真正地化装。"刘耀武说："二小姐真是多才多艺。演戏的风采，恐怕我是无缘欣赏了。只是一场小小的洋笙独奏，就使我眼界大开。"白桂梅又插话了："其实我妹妹学的是小提琴，在学校还得过奖。"这时，白桂荷有点不好意思。她说："姐姐，你提这些干什么？这有什么了不起的？"

她又对刘耀武说道："再说，以后可不能再叫什么二小姐，听着别扭，就叫白桂荷吧，'桂花'的'桂'，'荷花'的'荷'。"

刘耀武赶紧说："这名字起得好，名如其人。'接天莲叶无穷碧，映日荷花别样红'。"白桂梅想让他进一步展示才能，就说："这些太普通了，再说个别的。"刘耀武又说："别的也有。那就说李白的《子夜吴歌·夏歌》吧：'镜湖三百里，菡萏发荷花。五月西施采，人看隘若耶。回舟不待月，归去越王家。'"白桂梅还想让他继续发挥："你这都是赞扬我妹妹的，你也赞扬赞扬本姑娘。"刘耀武说："你的名字起得也好，也是名如其人，借用陆游的一首咏梅词：'驿外断桥边，寂寞开无主。已是黄昏独自愁，更著风和雨。无意苦争春，一任群芳妒。零落成泥碾作尘，只有香如故。'梅花多么高雅、圣洁。"

说到了古诗词，大家都来了兴趣，你吟诵一首李白的，我吟诵一首杜甫的，他吟诵一首王维的。白桂荷还谈到了俄国的诗人普希金和印度的诗人泰戈尔。没想到的是白桂梅还朗诵了几句情诗："世界上最遥远的距离，不是生与死的距离，而是我站在你面前，你不知道我爱你；世界上最遥远的距离，不是我站在你面前，你不知道我爱你，而是爱到痴迷却不能说我爱你。"

白桂荷听着，只是惊讶姐姐的学识渊博，她没有想到别的。但是刘耀武知道，这是白桂梅在吐露自己内心的痛苦。他是多么同情白桂梅的处境，但在这时，什么话也不能说了。大家说着说着，不知不觉便到了曲终人散的时候。刘耀武郑重其事地向白桂荷提出一个请求：向她学习吹奏洋笙。白桂荷爽快地答应了。但是白桂荷最后说了一句话："我也要引用泰戈尔的一句话，'只有流过血的手指，才能弹出世间的绝唱'。"刘耀武说："一定努力，绝不辜负老师的一片苦心。"

于是，他们约定在第二天下午三点在第一完全小学门口碰头。三个人一路有说有笑，到了白家的门口，刘耀武才依依不舍和她们告别。谁知，在二楼台球厅，有一双贼溜溜的眼睛，一直在盯着他们。这个人就是时任二区区长的公子张文胜。他们的一举一动、一颦一笑都像利剑一样刺痛了他的心。

三

　　第二天下午三点，两个年轻人几乎同时来到了第一完全小学的
门口。刘耀武撑开一把棕黄色、略带桐油味的油纸伞递给白桂荷，
让白桂荷遮挡烈日，自己却完全暴露在阳光下。两人踏着烫脚的砂
石路，沿着金龙王庙街一路向北，没走多远就向东拐弯，进入狭窄
弯曲的大小四道巷，不一会儿就来到了巷子的尽头谢家菜园。靠着
菜园土夯的围墙，有一条由北向南蜿蜒流淌的水渠，是菜园的水源，

一般人们称其为"老渠"，这也是人们把谢家菜园这块地方俗称为"老渠上"的原因。水渠不宽也不深，水却清澈见底，渠底的五色鹅卵石被水流冲刷得干干净净、圆润光滑。他们沿着水渠向南走了一段路，便到了围墙的尽头。视野豁然开朗，一眼望不到边的菜地映入眼帘。菜地被分割为无数方方正正、平平展展的菜畦：这一畦是西红柿，在绿油油的叶片中果实累累，有蚕豆大小的、核桃大小的及拳头大小的，碧绿的、红绿相间的及全身通红的，全都散发着诱人的味道，让人垂涎欲滴；那一畦是黄瓜，毛毛虫似的、纤如玉指的、全身油亮油亮且顶花带刺的，长长短短的，挂满了枝蔓；再一畦是体态修长、身姿苗条、略有曲线的豆角。最好看的是青椒，成熟的果实像一盏盏红色的、绿色的、黄色的灯笼，尽显喜庆气氛。还有紫色的茄子修长饱满。这些蔬菜在北方人的餐桌上、厨房里，可以说是司空见惯。可是它们在田地里的姿态以及生长的过程，在城里人特别是大城市人的眼中却很稀奇。白桂荷此时心花怒放，兴奋异常，伸手就想抚摸它们。刘耀武很礼貌地制止了她，说："只许看，不许摸。触摸容易使它们凋谢。再说，还有瓜田李下之嫌。"

白桂荷恍然大悟："哦，瓜田不纳履，李下不整冠。"她急忙收回了手。他们继续往前走，直到水渠的拐弯处，拐弯处孤零零地长着一棵粗壮的大榆树。树干虬曲苍劲，浑身斑斑点点、坑坑洼洼，分明是长年累月的雨雪风霜留下的痕迹，造就了它似耄耋老人般的沧桑。抬头向上看，它的树冠却是枝繁叶茂，一团碧绿，生机盎然，犹如一顶硕大的华盖投下了一片阴凉。他俩就驻足树下，享受着习习微风，感受着沁心的凉爽和宁静。白桂荷放好了油纸伞，便掏出了洋笙，开始教刘耀武学洋笙，她耐心负责，刘耀武更是专心致志，清脆、优美、动听的声音在空中荡漾。他们特别兴奋，完全忘记了时间，在夕阳西下时，他们兴致正浓。日落西山，晚霞灿烂时分，他们也心无旁骛。这期间，一个又一个或推着独轮车、或担着担子满载而归的菜贩子，从他们身边走过，把艳羡且略带惊奇的目光投向他们。他们也毫不理会，直到月亮高升、星斗满天时，还没有结束的意思。这时有一个贩菜人，把担杖放在他们跟前，看到他们丝毫没有理会他的意思，他就诵读了两句"此曲只应天上有，人间能有几回闻"，他们才停止了鸣奏。刘耀武转脸一看，此人不是别人，是他最要好的同学韩汝福。他介绍白桂荷和韩汝福互相认识说："这是白桂梅的妹妹白桂荷，是教我洋笙的老师。这是韩汝福，是你姐和我的同班同学，是我最要好的朋友。"

白桂荷对他早有耳闻，知道他和姐姐还有一段隐情，所以，她就细细打量着眼前的男同学：他身材高大、五官端正，又勤劳善良，比自己那个瘦猴大烟鬼姐夫王永富要强十倍。她真替姐姐惋惜，失去了这么好的人，也理解了姐姐内心的酸楚。刘耀武带着责备的语气关切地问："汝福，你身体刚恢复，怎么能挑这么重的担子？你怎么这么晚才回？"韩汝福说："我的身体没有任何问题了。我只是想多贩点菜，多挣几个钱，把你和同学们借给我的钱慢慢还上。你也并不富裕，还得成家。"刘耀武更加不高兴了："这是什么话？你我是什么关系？那钱算是我和同学们帮你的，绝不要你还。以后，千万别再提还钱的事。你以后如果有什么困难一定要和我们说。"他又叮嘱道："你怎么这么晚才回？以后早点回。"韩汝福说道："其实我早就收拾完了，只是看见了你们，担心你们玩得晚了不安全，才故意等你们一会儿。"又说："我们一起回吧，再晚了，恐怕有坏人，不安全。"于是三个人一起离开谢家菜园往回走。一路上，刘耀武几次要帮韩汝福挑菜担，韩汝福死活不肯。走到金龙王庙街，有了路灯，韩汝福才跟他们分别。刘耀武把白桂荷送到大门口，白桂荷从挎包里掏出一卷纸递给他，说："这是十首歌的简谱，是我昨天晚上和今天上午赶着抄录的，是留给你的作业。你一定要下苦功夫，下礼拜一定要达到会哼唱、会吹奏的程度。还是那句话，'只有流过血的手指，才能弹出世间的绝唱'。"刘耀武非常感激，不知说什么好，真诚道谢后，两人才依依惜别。

刘耀武回到家中，老父亲赶紧揭开锅盖，从锅中端出满满一碗热腾腾的饭让他吃。刘耀武根本顾不上吃饭，而是小心翼翼把那卷用报纸包得严严实实的纸打开，里面是十张三十二开的白纸抄录的曲谱，每张纸上一首曲子。乐谱看起来太精致了，每个音符都是那么隽秀，每个符号都是那么工整，根本不像是手写的，倒像是印刷品一般；而且哪里是强音，哪里是弱音，哪里是滑音，哪里是颤音，哪儿要快，哪儿要慢，都标得清清楚楚。这得费多少心血啊？这里边蕴含着多少真诚？他心里热乎乎的。他取出一张牛皮纸，也裁成三十二开大小，作为封面和封底，把乐谱整整齐齐订在一起。自此，刘耀武把它当作最珍贵的宝贝，每天废寝忘食，按照乐谱轻轻地哼、低低地唱，一遍遍地反复吹奏。他本就有音乐方面的天赋，现在更有对白桂荷感情的力量在激励着他。功夫不负有心人，经过一个礼拜，他就把十首乐谱背得滚瓜烂熟，吹得准确流畅且富有感情。从此他就可以和她共同享受音乐的快乐。他们在一起，有时一个在低低地吟唱，另一个人用洋笙伴奏；有时两人一起合奏；有时又是一人吹奏主旋律，另一个人吹奏和弦，玩得非常开心。他们玩得越来越开心，彼此也更加信任。白桂荷提出要纵情原野，返璞归真，一览北源的山山水水、风土人情，寻找自己童年在北源的梦。刘耀武欣然应允。

他们来到中华民族的母亲河黄河岸边，这位习惯了在平静的海河边散步的姑娘看到粗犷而豪迈的黄河黄水滔天、惊涛骇浪，感到十分惊奇，异常兴奋。看到在波浪中上下穿梭的木船，看到光着脊背的纤夫喊着号子艰难行进，看到艄公目不斜视地紧握舵杆、保持着力挽狂澜的坚强镇定，白桂荷不免有几分怜恤、几分崇敬，于是吹起了一曲《黄河船夫曲》，刘耀武给她伴唱，心中激情澎湃。他们来到由黄河岔流形成的湖泊，阳光明媚，秋风习习，湖光潋滟，一望无际。鲤鱼在湖面打挺跳跃，野鸭在芦苇丛中穿梭戏水。他们乘兴乘坐一艘弃置的小橡皮船，以手臂作桨在湖中荡漾，水面泛起了圈圈涟漪，推开了层层波浪，惊起了一群群水鸟在湖面上方滑翔。他们唱呀，笑呀，叫呀，青春的气息回荡在四面八方。倏而已是日薄西山，只见烟霞四起、水雾蒸腾，便又欣赏起"落霞与孤鹜齐飞，秋水共长天一色"的旖旎风光。他们来到北源人心中的仙山琼阁"转龙藏"，伫立在古老而精致的龙口前，龙口中清泉喷涌、水花四溅，逆着阳光竟微微呈现出一道道彩虹。刘耀武述说了蛮子盗宝的民间故事，他们共同享受着沁人心脾的清凉。在小山上，他们漫步在青松翠柏之间，奏着优美的《小夜曲》，似乎在互诉衷肠。进入半山腰的龙泉寺，虽然没有雕梁画栋、错彩镂金，但也是古朴典雅、仙气缭绕。在那参天的古槐下，他们怀着崇敬的心情，看着那些伴着黄卷青灯礼佛诵经的老衲少僧，心中默默念着佛经来净化自己的心灵。在留宝窑子，杨柳依依、野花烂漫、酸枣红似火的陌上，他们吟诵着苏东坡的"陌上花开蝴蝶飞，江山犹是昔人非"的绝唱，享受着"陌上花开，可缓缓归矣"的柔情蜜意。他忍着疼痛摘下几颗隐匿在尖刺丛中的红彤彤的酸枣，带着自己的鲜血，送到她的嘴边时，她那含情脉脉的眼中闪烁着幸福的泪花。在西脑包大照壁前，他们有幸赶上了一场赛马盛会，他们挤在摩肩接踵的人群里，看到遮天蔽日的黄尘迎面席卷而来，继而，鬃毛飘逸、四蹄奋起的骏马风驰电掣般从眼前掠过，马背上的汉子像黏在马背上一样，嘴里呼喊着，手里扬着皮鞭，催马奋勇向前。他们那样彪悍、那样机敏，马术那样娴熟，和自己的坐骑那样亲密无间，配合得又是那样默契，使这位在天江生活许久的姑娘啧啧赞叹。他们每到一处，总能吸引许多人的目光。他们还一起谈文学，谈艺术，谈人生，谈自己的抱负，谈得总是那样推心置腹、志同道合。不久，刘耀武和白家二小姐相好的传闻，便满城皆知了。一般人听到这些，只是在街头巷尾作为茶余饭后的谈资笑料，说一说，笑一笑，就拉倒了。而张文胜听到这些，却气急败坏、忍无可忍。

四

　　张文胜今年二十多岁，相貌堂堂，但是他游手好闲，不务正业。

虽然一事无成，他却是一个情场老手。凭着出身名门，凭着一张俊

朗的脸蛋儿，凭着风度翩翩，凭着出手阔绰，吸引了好几位有着漂

亮脸蛋儿、身姿窈窕的姑娘坠入爱河。尽管她们在他面前卖弄风骚、

打情骂俏甚至投怀送抱，他却认为她们庸俗不堪，和她们只是逢场

作戏。他只是把她们当作玩物，享受着把她们玩弄在股掌之中的愉悦，

看腻了、玩够了就弃之如敝屣。所以他没有真正爱过谁，至今仍是

单身。自从那天在第一完全小学参加了校友联谊会，张文胜第一眼

看见白家二小姐就深深地爱上了她。她的容貌、才华、做派，使他心醉神迷、魂牵梦萦，他在内心深处真正地仰慕她。那天在中山堂打台球偶然看见白家二小姐，他就居高临下如醉如痴地欣赏了一番如画的美人，不由得赞叹："真是仙女降落人间。"他心中火烧火燎的，本想下去跟她畅饮一杯诉衷肠，但又觉得有点冒昧。在犹豫间，他看见刘耀武捷足先登，看见他们谈笑风生，亲密无间，不由得妒火中烧、怒气满腔，恨不得把所有台球一个个地狠狠砸向刘耀武的头颅。这次听到两人真的相好的消息，张文胜更是恨得咬牙切齿：刘耀武你算老几？敢夺取老子的心上人，老子一定让你看看老子的厉害，让你"竹篮打水——一场空"。

张文胜也赶时髦，像多数文化人那样，给白桂荷写了一封情书，让下面的小兄弟送到白家。无奈，他是一个金玉其外、败絮其中的纨绔，字如春蚓秋蛇，情话也是东拼西凑的，内容低俗无聊，甚至有许多下流的语言。就这样，他还整整写了三张信纸，真是"懒婆娘的裹脚布——又臭又长"。白桂荷看了又生气又觉得可笑，随手付之一炬，未予理睬。

信送出后，张文胜朝思暮想，盼望着她热情洋溢的回信。可是三天过去了没有音信，五天过去了仍没有回信，十天半个月过去了还没有动静。他急得像热锅上的蚂蚁，害上了相思病。茶不思，饭不想，鸡鸭鱼肉甚至山珍海味，他都觉得无滋无味，很快清减了不少。他白天浑浑噩噩、无精打采，夜里抓耳挠腮心痒难耐，无法入眠，直到后半夜才能勉强入睡。有时在梦里，白桂荷款款走来跟他幽会，一晌贪欢令他心潮澎湃。醒来，他才现在只是一场梦。他就这样煎熬着，不几天，就"为伊消得人憔悴"了。父亲发现张文胜一天天消瘦，就问他缘由。起初他什么都不肯说，经过一再追问，他不得不说出实情，并要求父亲想办法满足他的心愿。听了张文胜的心事，父亲的心倒轻松了不少。父亲一直为张文胜的婚姻着急，他朝秦暮楚、挑肥拣瘦，只是寻花问柳般地在情场上厮混，始终没有一个中意的人。即便多次催促，他也还是我行我素，不知要混到什么时候才能回心转意，到什么时候才能娶妻生子。现在好了，他终于有了心上人，而且是白子厚的姑娘，门当户对。父亲觉得有了就好办，凭自己的地位、权势，凭自家丰厚的家资，凭儿子的一表人才，不怕白子厚不答应，谅白子厚也不敢不答应。张父安抚儿子，说："你放宽心，这事父亲肯定能办成。"于是，张父就胸有成竹地行动起来。

有一天，北源商会会长董存友来到了白子厚家，简单寒暄了几句，又问了问白家的生意。白子厚以为又要有什么门应差害①，于是就说起了经营的难处，希望董会长给予关照。董存友听后就笑了起来，他说："我这次来没有什么公务，只是受张区长委托，来说合张家公子和你家二小姐的亲事。你们两家门当户对，年轻人郎才女貌，十分般配。"董会长说起张家何等荣耀，张公子又是如何一表人才，希望两家能够喜结连理。听完他的话，白子厚一头雾水：怎么能有这样的事儿？他对政界没有兴趣，对张家更是没有好感，对张家公子为非作歹、不务正业的事，也是早有耳闻。但是他不能直接说拒绝的话，只能虚与委蛇，便说："张区长的公子看中我家姑娘，是我们的荣幸，我们挺高兴。但是，这么大的事儿，我也要听听姑娘的想法，需要跟姑娘和她姑商量一下。要知道我家姑娘很小的时候就已经过继给她姑了，一直跟她姑一起生活，这事儿主要还得由她

---

① 北源方言，即国民政府向居民和商家摊派的钱款或劳役。

姑和姑娘拿主意。”

会长觉得这话也很有道理。这么大的事儿，哪能一个回合、三言两语就定了呢？于是，他就客客气气告别了白家。送走了董会长，白子厚根本不看好这桩亲事，也没有正式跟女儿以及妹妹商量，只是闲聊的时候提及，说癞蛤蟆还想吃天鹅肉。

过了几天，董会长再次来访。白家拿出铁筒炮台烟，沏上上等的西湖龙井，更加热情地招待。没有多少废话，两人便直截了当地进入主题。白子厚说：“会长走后，我和二姑娘仔细介绍了张区长家的情况，并和她姑通了电话。她们都说事儿虽然是好事儿，但姑姑和侄女感情太深了，谁也不愿意离开谁，她们的意见还是想在天江成家。她们这样说，我也不好再说什么，况且我说什么姑娘也不会听。这姑娘从小脾气就特别犟，她决定的事儿九头牛都拉不回来。如果我要独断专行，不但事情办不成，恐怕还要惹出别的麻烦。再说，那样做我妹妹也会怀疑我背信弃义，想把女儿要回来。所以，只能辜负张区长和董会长的一片好心了。就算我们没有这个福分吧。实在不好意思，请董会长跟张家多多解释。”随即他吩咐下人，拿出一筒刚从杭州寄来的龙井茶，恭恭敬敬地送给董会长，并亲自把他送出大门外表示尊重。

张区长得到这个答复，起初当然心有不悦，觉得有失面子。可是仔细一想，董会长说得也对，人家一个天江姑娘怎么愿意嫁到咱们北源这个土地方，找个土人呢？再说了，白子厚已经把姑娘过继给妹妹，自己做不了主也是人之常情。特别是董会长还说，白家姑娘性情较野、思想开放，有时行为还有失检点，反倒觉得有几分庆幸，不成也好。天下好姑娘有的是，凭自家的地位和实力，凭儿子一表人才，不愁找不到一个好媳妇儿。

可是张文胜却不这么想，他认为分明是白桂荷让刘耀武勾去了魂，罪魁祸首当然是刘耀武。他心想：哼，你一个毛毛匠的儿子有什么了不起？老子收拾你还不是易如反掌，咱们"骑驴看唱本——走着瞧"，于是他开始酝酿恶毒的行动。

居心叵测者在磨刀霍霍，两个纯洁善良的青年却一无所知，还是行进在爱情的轨道上。他们从一见钟情到相识相知，而后相恋相爱，爱得越来越深，爱得刻骨铭心，爱得轰轰烈烈。可是，尽管爱的烈火如即将喷发的火山一样，汹涌澎湃，他们也深知对方的胸中有一团熊熊燃烧的烈焰，可谁也没有向对方倾诉。按说这种事儿一般应该由男方首先表示，可是在多次含情脉脉地四目相对时，刘耀武脸涨得通红，口唇似乎微微嚅动，终究还是没有勇气说出"我爱你"那三个字。白桂荷性情直率、思想开放，敢于表白，但她也期待着她的白马王子跪在地上求爱的浪漫美妙瞬间。两人就这样幸福地煎熬着。

一个礼拜六的傍晚，他们去中山堂看电影《马路天使》，当看到赵丹与周璇扮演的男女主角激情流露时，刘耀武情不自禁地伸出一只手握住了白桂荷那只纤细白嫩的小手，白桂荷并没有把手抽开，而是紧紧地握住了他的手。一种有生以来从未有过的说不清、道不明的感觉，像一股电流从两只手奔流到两个人的全身。他们的身体不由得向对方靠拢，而且越靠越紧，全身都不由自主地颤抖，两颗心都在怦怦地乱跳。第一次亲密接触异性的感觉，是那么美妙短暂。电影很快结束了，灯光渐渐亮起，他们才不舍地松开了对方的手。

这时天色已近黄昏，本该各自回家了，但他们意犹未尽。他们彼此没说一句话，也不需要说什么话，就不约而同地向谢家菜园走去。

他们来到谢家菜园的大树底下时，夜幕已经降临，银盘似的月亮慢条斯理地从地平线升起，把闪闪发光的银辉洒向漫山遍野，洒向一株株即将入眠的茄子、辣椒、西红柿，洒向细流涓涓的渠水，洒向老槐树，洒向这对热血沸腾的青年，似乎为玉女披上了曼妙轻柔的婚纱，让金童显得更加英俊潇洒。须臾，它又躲进了一片云彩后面，好像把他们隔绝在一片美丽宁静的世外桃源。他们情不自禁地拥抱在一起，对他们来说，这是人生第一次爱情降临，那发自内心深处的爱是那样美好、那样甜蜜、那样纯真。当他们沐浴在爱河时，有两个贼头贼脑的家伙，突然从阴暗中蹿了出来，大喊一声："好大胆的刘耀武。"喊完，他们二话不说就对着刘耀武拳打脚踢，打得刘耀武只有招架之功，并无还手之力。白桂荷看他们来势凶猛，而且只是针对刘耀武，就勇敢地把刘耀武拉到身后，用身体护着他。那两个歹徒并不伤害白桂荷，而是把她推开，还是朝着刘耀武打。一歹徒手里还拿着明晃晃的匕首，在刘耀武面前晃动，看起来是想要给他破相。白桂荷本能地大喊："杀人了，救命啊。"说时迟，那时快，随着一声"不许欺负人"的喊声，一个人飞跑过来，举起手里的扁担，照着那个拿匕首的家伙的手腕打去，只听他"哎哟"一声，匕首被打落在地。这俩家伙一看处于劣势，就灰溜溜地跑了。

来人正是韩汝福，他今天贩的菜多，回家也晚了，正要往回走时看见有两个熟人在这里。他正要上前和他们打招呼，就看到两个黑影蹿出，还动手打人，他赶紧冲过去，搭救了他们。韩汝福关心地问刘耀武："怎么样？没打伤吧？"刘耀武说："不要紧，只是伤了表皮。"韩汝福说："太危险了，咱们赶快离开这个地方。这两个家伙要是回去叫人来报仇，那就不好办了。"

于是，韩汝福提起了担杖，三个人一起急匆匆地离开了谢家菜园。到了金龙王庙街，街上有了路灯，也有了行人，韩汝福才跟他们两人告别，说道："这两天你们千万不要再出来了。这些家伙坏透了，什么事都做得出来。你们千万要注意。"刘耀武说："你也要注意，怕他们找你报仇。"韩汝福说："我不要紧，我可以跟伙伴们一起来一起走，而且我们都有扁担，他们拿我们没办法，还是你们一定要小心。"刘耀武把白桂荷送到家门口，看她进了大门，一直到看不着她的身影，他才转身独自回家。

五

这一晚上,白子厚坐在八仙桌旁品茶,表面上和平常没什么两样,但实际上,他心乱如麻,这一切都缘于二姑娘。他一直在想张家提亲的事儿,虽然自己搪塞过去了,表面上也是风平浪静,什么事儿都没有。但实际上张家窝了脖子、损了脸面,白家已经把张区长得罪了。俗话说,强龙难斗地头蛇。可实际上张家并不是什么地头蛇,而是一只猛虎。白家更不是什么强龙,而是任人家玩弄却没有丝毫反抗能力的一条菜花蛇。张家有权势,平时和和气气、你好我好,一旦有个马高镫短的时候，张家稍施一点手段，对白家而言就是大祸临头。尤其是他那个下三烂的儿子，简直就是一个流氓恶棍，什么阴招、坏招、损招都能使出来。想到这里，白子厚便出了一身冷汗，不敢往下想。关于刘耀武和二姑娘要好的风言风语，他也听了不少。今天晚上这么晚了，她还没回来，白子厚猜想："她肯定又去见这个小子了，这更是不能容忍的事儿。刘耀武的父亲刘海是什么东西？他本来和妹妹子倩青梅竹马、两小无猜，可是他为了继承师父的一点儿财产，为了蝇头小利就背信弃义、移情别恋，成了他师父的女婿，害得子倩至今孤身一人。他的儿子比他也好不了多少。我的姑娘绝对不能嫁到这样无情无义的人家。"但是白子厚知道自家姑娘的脾性，明说了来硬的绝对不行，一定要来一个回头拐弯、来一个釜底抽薪。不管是张区长的事儿还是刘耀武的事儿，"三十六计，走为上计"，赶快让二姑娘离开北源，回到天江，一切担心就都烟消云散了。

第二天一早，白桂荷怀着忐忑不安的心情，并做好了挨骂的准备，来到了父亲的身边。谁知父亲并没有发火，更没有骂她，只是轻描淡写地说："昨晚你回来得太晚了，一个女儿家深更半夜在外边容易出事儿，以后可不敢这样做了。"父亲又说："昨天你出去以后，从天江来一老乡，捎话说你姑姑病了，希望你早点回去。"

白桂荷和姑姑一起生活多年，姑姑待她胜过亲骨肉，十分疼爱，甚至有点溺爱。她对姑姑感情也很深，姑侄俩相依为命，谁也离不开谁。父亲又说："我已经让老王去买后天回天江的火车票，你有什么事情、有什么准备，还有两天的时间，你都可以办一办。"

白桂荷听说姑姑病了，心里非常着急，不知道姑姑的病是轻是重，碍不碍事；又想到姑姑一个人，跟前连一个烧火做饭、端茶递水的人都没有，恨不得马上飞到姑姑的身边。至于自己在北源还有什么事儿、有什么需要准备，其实就是一件事儿，就是要尽快见到刘耀武。她非常担心他的伤情，也需要告诉他，姑姑生病自己要回天江的事儿，还要跟他商量一下以后该怎么办。两人昨天分手时，也没约定下一次见面的时间，而且现在事情来得突然又紧急，白桂荷觉得必须在礼拜一到电报局去找他。

六

第二天是礼拜一，她提前半小时就来到电报局门口等候刘耀武。

她目不转睛地看着每一个人，唯恐漏掉他。步行的、骑自行车的、

穿电报局绿色制服的、穿便装的，一个个进入电报局，就是不见刘

耀武的身影。眼看八点半了还不见他的人影，九点了也没等到他，

她焦躁不安地又往马路上眺望，川流不息的人潮中也不见他的影子。

实在没有办法，她就鼓起勇气进了电报局办公室找他。刘耀武的同

事说，他今天没来上班。有的热心人就跑到局长办公室问了局长，

局长说他告了三天的病假，热心人便让她三天后再来找他。她只好落寞地回到家中。如今时间紧急，又没有别的办法，她只能不顾一切地到他家去找他了。好在她还知道他家住在渊盛店大院。白桂荷心不在焉地吃了中午饭，便说要出去见同学，然后顶着烈日来到了渊盛店大院门口。往里一看，她倒吸了一口凉气：好大的一个院落，简直就是一条街，院内至少也有二十户人家，谁知道哪是他的家？她在大门口站着，想等有人从院中出来，好问问清楚。倒是出来了两个人，她上前打听，谁知道这两人全是住店的客人，根本不知道住户是谁。此时烈日当空，人们都在家中睡午觉，根本不出门。情急之下，她想出了一个办法，她掏出洋笙边吹边往大院深处走。这招还真灵，没走几步，刘耀武就开门出来了。看到好像从天上掉下来的梦中人，刘耀武别提多高兴了，赶紧把她迎到屋里。

一进门，刘耀武就把白桂荷紧紧抱在怀中。白桂荷向旁边努努嘴，示意别让别人看见，刘耀武说："我爹趁我告病假在家休息，回大平走亲戚去了，现在就我们两个人。你怎么来了？急死我了。你怎么样？没有受伤吧？"她说："我倒没什么，我只是担心你。听你电报局的同事说，你请了三天假，我心里更着急了，是不是你的伤太重了？"她抚摸着他那被打得青一块紫一块的脸，心疼至极，不禁珠泪涟涟。他一边用手擦着她的泪，一边说："不要紧，只是伤了皮肉，现在已经好多了。你没事就好。"接着两人便是说不完的知心话、道不尽的甜言蜜语。爱的火花很快燃成燎原大火，愈烧愈旺，继而发生的一切，自然就顺理成章了。

一阵激情过后，悸动的心逐渐平复，涌动着的血流慢慢舒缓，刘耀武才觉得慢待了贵客，赶快沏了一壶上好的西湖龙井，摆上一盘葵花子、一盘莲花大豆、一盘麻糖。白桂荷此时非常烦渴，也有点饿。可不，今天中午饭，她没吃几口就出来了。她喝了一杯茶水，又把小吃各自尝了一下。在刘耀武面前她也不需要讲究什么吃相，她喜欢吃麻糖，一会儿工夫就吃了两三块麻糖。饥渴的感觉消失了，她才有兴致一边吃，一边环顾四周。她忽然看到桌子上有一张纸，纸上写着："夜深沉，鸟入林，野花芬芳醉秋风。松柏翠，泉水清，大榆树下心交融。琴声缠绵化鹊桥，皓月高照做媒证。天荒地老志不移，海枯石烂情更深。"她明知故问："这是写给谁的？"刘耀武说："还能是写给谁的？是昨天我回来，想起咱们的事儿，随便写了几句。写得不好，但感情是真的。"白桂荷说："我看很好，挺喜欢的，就把它作为歌词，我回去谱上曲，就算咱们俩的作品，歌名就叫《洋笙情》吧。"

刘耀武高兴地说："那当然好。只要你不嫌弃，那就请你谱首曲吧。我相信你一定能谱好。"

白桂荷把纸整整齐齐地叠好，装在了自己的口袋。然后，她又抬头看了看四周，欣赏起墙壁上的字画条幅。起初她还以为是出自名人之手，走到近前细看，落款却都是"耀武习字"，顿时一种自豪的感觉涌上心头。能创作出这种作品的人在年轻人中真是凤毛麟角了，她觉得自己选对了人，把一生托付给他，值得。因为还有要紧的事和他谈，没有时间探讨艺术，她就把自己明天一早回天江的事告诉他。刘耀武听说她明天就要回天江，难免有点失落。既然已经决定，无法更改，他就满腹惆怅地随口吟诵了两句："相见时难别亦难，东风无力百花残。"白桂荷马上安慰他说："咱们可不是'东风无力百花残'，咱们是'等闲识得东风面，万紫千红总是春'。"

又说："我回天江不但能照顾姑姑，而且对咱俩的事儿也有利。你想，咱们的事儿如果直接跟我爸讲，肯定得碰钉子，必须采取迂回战术。我回天江先向姑姑说明此事，姑姑心软又对我十分疼爱，可以说对我百依百顺。姑姑同意后，请姑姑再和我爸挑明此事。要知道，我爸对我姑从来都给足面子，姑姑决定的事儿，我爸从来不好意思说个'不'字。再说，我不是已经过继给姑姑了吗？他更不好意思说不同意了。这不就水到渠成了吗？暂时的离别却成全了终身大事，何乐而不为呢？"

　　刘耀武的心里还是有点疑惑，他说："话虽这么说，要是姑姑不肯成全我们或者再有什么情况呢？"她笑了："姑姑那儿你就放心吧，绝不会有半点偏差。另外还能有什么情况呢？海枯石烂，地老天荒，我也绝不变心。你要知道，我是一个灵魂洁癖者，绝对从一而终，最瞧不起那些水性杨花、朝三暮四的人。"他说："我相信你是一个圣洁的女人。至于我，你也放心，'弱水三千，我只取一瓢饮'。我也是非你不娶。没有你，我打一辈子光棍。"说完，两人都会心地笑了。这时，白桂荷又突然想起一件重要的事，就是昨天晚上这次事端的由来。她就把张区长公子张文胜给她写情书及托人说媒，以及被父亲和自己断然拒绝的事儿，一五一十地说给他听，最后说："我以为这就算完了，没想到这个人这么卑鄙、这么下作、这么野蛮、这么残忍。以后你一定要小心，最好不要一个人出门，更不要夜里一个人出门。小心他再来寻衅闹事。如果实在有事儿非办不可，就让韩汝福跟你一起去办，他是个好人。"刘耀武笑着说："你放心吧。你不在，我还有什么事情需要夜半三更去办？"说完两人又都笑了。幸福的时刻总是像跑马一样快，说着说着已经日薄西山，又到了吃晚饭的时间了，刘耀武便准备做饭。

今天早晨韩汝福送了些黄瓜来，还送来一副羊肝，刘耀武用大平人的看家好菜炒羊肝来招待贵客。他从来不做饭，也更没炒过羊肝，但是看的次数多了，也就看会了。炒出的羊肝又鲜又亮、又香又嫩，使这位天江来客赞不绝口。他又凉拌了一盘黄瓜，胡麻油的香味扑鼻而来，令人垂涎欲滴。白桂荷按天江的做法，炒了一盘鸡蛋，烙了几张饼，那饼表面又酥又脆，里边又软又糯。刘耀武拿出半瓶二锅头，两人品尝美食，推杯换盏，在这带着烟火气息的生活中感受着幸福。

两人都不胜酒力，当第二杯酒下肚后，都觉得有点头晕心慌，舌头也有点不听使唤。刘耀武想起一会儿她还要回家，绝不能再喝了，便说："'美酒饮教微醉后，好花看到半开时'，可不敢再喝了。"她明白他的意思，但是，对他这句话却不以为然："啊，我把一切都给了你，你怎么才是把这朵好花看在半开时，你这没良心的？"他发了一下愣怔，突然明白了，便解释："你在我心中岂止是一朵好花，更是圣洁的女神，至高无上。"

墙上的挂钟敲了十一下，把他俩从甜美的梦中惊醒。这可不得了，实在太晚了，两人便忙碌起来。白桂荷匆匆忙忙地洗了一把脸，梳了梳蓬乱的头发，整了整衣服。刘耀武找出两张玻璃纸，一张包着莲花大豆，另一张包了剩下的所有麻糖，都装在他上学时的书包里，挎在她的肩上说："你出发时，我到车站送你。"

她说："那可不行，我爸恐怕也要去送我，让他看见反倒不好。今天就算告别吧。你记住，一个月之内我肯定返回来，给你带回好消息。"

两人又一次拥抱热吻，然后急速地离开了渊盛店大院，大步流星往白桂荷家走去。快到她家时，看到对面有人打着手电迎面走来。走近时，她看清是她家的夜倌老王，便叫了一声"王叔"。白桂荷在家从不以主人身份和下人说话，在她看来所有人一律平等，待人知大识小。而且每次从天江回来，她带回天江小吃一类的，如桂顺斋的小八件、桂发祥的大麻花，总要分给他们一些，所以下人们都非常喜欢她。王叔焦急地说："二姑娘，怎么这么晚才回来？你爸妈可着急坏了。""王叔，你不要说是他送我回来的，就说是同学送我回来的。谢谢王叔。"

刘耀武停住了脚步，给老王鞠了一躬。老王说："好眼力呀，真是好后生。"他俩又互相挥了挥手。刘耀武目送他们进了大门才转身回家。

七

　　星期二一早，刘耀武就来到火车站，距离火车发车时间还有整整一个小时。他在火车站溜达了一会儿，就找了一个不显眼但又能清楚看到进站口的地方站定。他两眼紧紧盯着车站前边的空地，仔细地看着从检票口经过的每一个人。

　　首先出现的是老王，紧接着一辆轿车子①停在进站口附近，白桂

―――――――――――

　　①　北源人把带有蓝色或黑色围幔的马车叫轿车子，而不叫轿车，拉车的多为佩着红花的骡子，是当时有钱人的一种主要交通工具。

梅、白桂荷和她们的父亲先后从车中下来。老王赶紧上前，从车中取出大包小包拎着，招呼大家检票进站。白桂荷走在最后，有些无精打采，她肩膀上挎着刘耀武送她的那个破旧的书包，跟她那时髦的衣服极不相称，但她没有丝毫嫌弃，因为这里边装着他的情。白桂荷左顾右盼，分明是在找他，他真想立马跑过去和她吻别。可是他没有动，他也不敢动，只是目不转睛地看着她，只见她掏出一块手绢擦着眼泪，慢腾腾进了站。但又马上转身回来，举起右手，向着来的方向挥了挥手，才恋恋不舍地转过身去。他知道她这是在和他告别，他只能像一根木头桩子一样立在原地，无声地流泪。听见那震耳欲聋的汽笛声，他才意识到他那挚爱的女神，已经离他而去了，以后一段时间内，他与她只能梦中相见了。有什么办法呢？他只好擦干眼泪，怀着满腔酸楚走上回家的路。

回到家时，父亲已经回来了，并做好了午饭。他味同嚼蜡般地吃了几口，倒头便睡了，一直到第二天清晨被父亲叫醒。他觉得内心无比空虚又莫名烦躁，这样的心情没法面对那么精细的工作，而且脸上青一块紫一块的，还没有恢复，也不好见人。于是，他又写了一张续假三天的假条，托韩汝福送到电报局。

一周后，刘耀武到局里上班时，发现他的座位已经被另一位同事占了。同事告诉他，局长找他有事。他看见同事们都投来异样的目光，有的是鄙夷，有的是不屑，还有的是幸灾乐祸。他来到局长办公室，局长也不像以前那样笑容可掬，而是一脸严肃、冷冰冰地让他坐下。局长对他说，由于他勾引妇女，扰乱社会秩序，殴打安保人员，已经被解雇了，让他到会计室结算当月的薪水，并且交回局里发的制服。他听后一头雾水：本来是年轻人正常交际，怎么就就成勾引妇女？自己又何曾扰乱了社会秩序？本来是自己被打，却被说成是殴打安保人员，天理何在？他有满肚子委屈要倾诉，但是向谁倾诉呢？又有谁会听呢？他只有打掉牙和着血往肚里吞。谁让自己惹了有权有势的区长家的公子呢？

相思之苦与日俱增，被欺凌、被殴打更使刘耀武身心俱痛，而这多舛的命运更是给了他当头一棒。工作没有了，饭碗打碎了，这个活蹦乱跳、喜笑颜开的小伙子一下子被揉搓得昏昏沉沉、落落寞寞、无精打采、凄楚悲凉。被强行脱掉令人艳羡的制服，更叫他羞愧难当，从此他大门不出、二门不迈，整天皱着眉头、哭丧着脸伏在书案上写字，累了、闷了就拿起洋笙吹奏婉转忧伤的曲调。老父亲看着他的样子非常心疼，就开导他："老虎（他的小名），公家这饭碗不好端，身子没自由，还得看人家的脸色。现在不让干了，你正好在家休息一段时间。一来养养身体，二来，爹的生意要进入旺季了，你也好帮帮爹。等过了年，咱再找新工作，实在找不下，你就跟爹学手艺。只要有手艺，到什么时候不管走到哪里，都不愁有碗饭吃。"老父亲还四处托人给儿子说亲，想用喜事冲掉这些晦气并以此平复儿子的情绪。而刘耀武对学手艺毫无兴趣，对说亲更是坚决反对。

八

　　话分两头，白桂荷在火车上整整煎熬了两天两夜。车上人满为患，

空气闷热、潮湿、混浊，一股一股的汗臭味和各种食物以及行李的

味道，混合成一种酸臭难闻的气味，令人作呕。虽然已经饥肠辘辘，

但她拿出带的麻花、煮鸡蛋，却一点食欲都没有，勉强吃几口，也

是难以下咽。闷热混浊的空气，使人昏昏欲睡，她闭上眼想睡一会儿，

却又心明眼亮难以入睡。经过在北京前门火车站下车、上车及出站、

进站的折腾，到天江站下车以后，白桂荷疲惫不堪，两腿好像被灌

了铅一样，连步都迈不开，勉强出了车站，雇了一辆黄包车，回到姑姑家中。

姑姑看她精神萎靡、面色灰暗、精疲力竭的样子，简直吓了一跳。姑姑以前也回过几次北源，可是从来没有像这样，心中为白桂荷捏了一把汗。姑姑埋怨哥哥白子厚让桂荷带的东西太多了：一个小姑娘怎么能拿这么多东西，硬是把孩子累倒了。姑姑赶紧让她洗了一把脸，喝了两杯茶，待了一会儿又吃了一碗加荷包鸡蛋的面条，就安顿她上床睡了。一直睡到第二天中午，白桂荷才醒来。

起床后，白桂荷觉得身体和精神都有所好转，但还是有点疲惫无力，没精神。她是一个要强的人，心想自己可能是累了，过几天可能就好了，所以她一直坚持着。白桂荷很关心姑姑的身体，就赶紧问姑姑身体怎么样。姑姑说一方面想她，另一方面一个人懒得做饭，吃饭不规律导致胃病犯了，正在吃中药。于是她就让姑姑多休息，自己强打精神，每天到市场买菜买肉，回家帮助姑姑做饭，并且和姑姑一起去看中医。白天比较忙乱，白桂荷就想晚上跟姑姑聊一聊，瞅机会说一下她跟刘耀武的事情。但是，一到晚上躺在床上，说不了几句话，白桂荷就沉沉地睡了，仍然做不了身体的主。

经过十来天的调理，姑姑的胃病完全康复了，白桂荷却病了。一开始，她发烧、全身疼，倦怠且不想吃东西，自以为只是坐车劳累，患了感冒。白桂荷到诊所打了两天退烧针，烧是退了，但是身体还是倦怠，没精神，不想吃东西，还有点恶心，特别是看着油腻的食物就作呕。没过几天，她眼珠子和身上都发黄了，到天江医院检查，医生说是急性黄疸型肝炎，让她住院隔离治疗，她就住进了传染病房。经过打针、输液等一系列治疗，白桂荷病情没有丝毫好转，反而逐渐加重，还烦躁不安，进而陷入了昏迷。大夫说是重症肝炎肝昏迷，下达了病危通知。姑姑被吓傻了，赶快给哥哥白子厚发了封加急电报。

白子厚一看见电报，脑子里如同响了一声炸雷，"嗡"的一声就瘫坐在太师椅上，什么都不知道了。一会儿工夫，他清醒了，心惊肉跳，浑身没有一点力气，眼看就撑不住了。他想："我千万不能倒，我要倒下了，一家人吃什么，喝什么？这几十号人没了主心骨又该怎么办？尤其是二姑娘还等着自己去急救。"于是，他派人赶快去找大姑娘回来，又给柜上各个环节的头儿，详细交代了下一步的安排。不一会儿，白桂梅慌慌张张地来了。她看了电报，赶快回家，拿上换洗的衣服，又拿了十块大洋，并安顿好家里边那个大烟鬼的生活，准备明天一早跟父亲回天江。

晚上，白子厚躺在床上怎么也睡不着。他回忆起二姑娘小时候性格倔强，自己没少打她、骂她。后来他又把她送回天江，和她姑姑一起生活，从此后二姑娘身边就缺乏父爱。尤其是这一次，如果不是自己让她急着回天江，也许还得不上这个病。白子厚想来想去，觉得自己真是对不起二姑娘，不由得老泪夺眶而出。他下决心：就是倾家荡产拼上老命，也要挽救女儿。

白子厚和白桂梅来到天江。第二天一早，白子厚就和妹妹一起来到了医院。他们来到院长办公室，说明了身份，听了主治大夫和科室领导介绍了女儿的病情和治疗经过。大夫说病人现在还有生命危险，让家属有思想准备。白子厚很感谢医院对女儿的治疗，并提出请医院组织最好的专家给女儿会诊，用最好的药给女儿治疗，为了女儿付出什么代价都在所不惜。院方同意了他的请求，不过会诊的费用包括专家薪酬、车马费，共需要二十块大洋，白子厚一口答应下来。于是，来自三家医院的传染科专家为白桂荷进行了细致的检查，检查结果出来后，专家们经认真讨论，确定了新的治疗方案，开出了最好的药。一位权威专家说："死马当活马医吧。愿上帝保佑她吧。"

传染病房有规定：不允许亲属到病房探视。在每天的探视时间里，白子厚兄妹和白桂梅都要轮流来医院，从病房的窗户外边，观察昏睡中的白桂荷。他们盼望着她哪怕有一丁点的反应，但白桂荷依旧昏迷不醒。他们失望了但也没灰心，第二天还照旧。皇天不负苦心人，十来天以后出现了转机。大夫高兴地告诉他们，病人虽然还处在昏迷之中，但化验结果一天比一天好，危险期已过，病人的预后是比较乐观的，但病程恐怕要长一些，希望家属要有耐心。白子厚担心家里的生意，千叮咛万嘱咐地安顿了妹妹和女儿后，就赶快返回了北源。白桂梅留在天江，每天去医院照应妹妹并照料姑姑。

九

进入九月的一天下午，渊盛店大院来了一辆洋车。从车上下来一位五十多岁的男人，上身穿着洁白如雪、熨得平平展展的府绸小褂，配以深咖啡色的毛凡尔丁裤子，裤腿笔直挺括，头上戴着礼帽，足蹬皮鞋。本来腿脚很利索，手里却拿着一根手杖，这是有钱人的一种配饰，名叫文明棍儿。他径直走到老刘海家的门前，很客气地问："刘掌柜在家吗？"看来还是位熟人。老刘海连忙走出门外，连声说道："原来是王掌柜，稀客，贵客，有失远迎，有失远迎。"

他恭恭敬敬地把客人迎进门。此时老刘海正在缝皮袄，手上难免沾点皮屑、细毛等。出于对贵客的尊重，他不能用干活的脏手给客人沏茶倒水，连忙叫出在里屋写字的儿子刘耀武。刘海介绍说："这是王掌柜，你王叔，咱们的贵人。"刘耀武给客人鞠了一躬说："王叔好，王叔请坐。"之后，他赶紧从茶盘中拿起茶壶，用开水涮了又涮；然后，沏上一壶上好的西湖龙井；又从抽屉里拿出大联珠香烟，取出一支，双手递给客人。王掌柜说："不吸烟，谢谢。"收回香烟，刘耀武拿起茶盅，又用凉水洗了洗、涮了涮，待茶香扑鼻，茶壶里的茶已经泡好时，便倒了一茶盅，双手端在客人面前。

王掌柜用惊奇和喜悦的眼神，一直在打量这个年轻人。他以前来过刘家多次，并没有见过这个年轻人。他便问刘海："刘掌柜，这可是府上的公子？"刘海答道："正是犬子刘耀武。"

王掌柜心想：这可真是寒门出贵子，虽然是家常衣裳，但洗得干干净净，并未着意打扮却仍然是少年英俊，举止文雅，礼数周到，落落大方。王掌柜心中一下子喜欢上了这个年轻人。他呷了一口茶，用眼扫了一下四周，只见：正面中堂两边有用玻璃框装着的一副对联，上联为"等闲识得东风面"，下联为"万紫千红总是春"；东墙上是行书——杜甫的《春夜喜雨》；西墙上是李白的《子夜吴歌·夏歌》；都写得流畅潇洒、遒劲有力。王掌柜凑近一看，落款都是"耀武习字"。他就问："这就是你的字？"耀武说："正是小侄拙作。""力透纸背，后生可畏。""王叔过奖了，实在惭愧。"接着王掌柜问了刘耀武的年龄，才知道他不过二十一岁。王掌柜又走到中堂旁边的相框跟前，看见穿着电报局制服的刘耀武的照片，便说："好英俊，何处高就？""原来在电报局工作。"刘耀武红着脸说，"一个多月前，因为一点事被解雇了。现在正在想法谋取新的差事。"王掌柜说："俗话说'人挪活，树挪死'，怎么能在一棵树上吊死呢？"接着又说："看样子，你还没成家吧？"

刘耀武答话："小侄尚未婚配。"

"好，先立业后成家，事业为主。"

话问出口了，王掌柜又觉得有点唐突，有点太直截了当了。于是，他坐下又品了几口茶，才说明了来意。

王掌柜这次来是要为自己的妻子和女儿各做一件狐狸皮翻毛大

氅，并且自己已经请裁缝量好尺寸了。刘海听说这么好的一笔买卖，心里乐不可支，忙说："王掌柜来得正是时候，我手里正好有十几张去年大小雪节气中的狐狸皮，正应时。毛色油亮，皮板儿柔润结实，没有一丝伤痕、一个沙眼儿，做出来保证人喜神爱。"

说完，刘海就去库房抱出了一捆熟好的狐皮，一张张铺在地上，请王掌柜挑选。王掌柜草草浏览了一遍，说："我看也是白看，主意还得她们自己拿。这样吧，明天请贵公子带上几张样子到我家，让内人和女儿自己挑选吧。"随后商定价格时，王掌柜并没有挑剔砍价，经简单商量，就定做了两件，共二十四块大洋。王掌柜随即从身上掏出六块大洋，放在八仙桌上，说："刘掌柜，这是两件大氅的定金六块大洋，请你给我写一个收条。"刘海忙说："自己人，不要留什么定金，我相信王掌柜。"可是王掌柜坚持要留，刘海只能说："恭敬不如从命了。"他收下了钱，刘耀武赶紧拿起毛笔，在一张白麻纸上工工整整地写道："今收到王掌柜广和定做两件狐狸皮翻毛大氅，定金六块大洋，总价二十四块大洋。"落款写明日期，签上名字。王掌柜把这张纸整整齐齐叠好，装在怀中，还留下了他家的住址。王掌柜告辞了，刘海父子恭恭敬敬把他送出门。王掌柜并没有在院中上洋车，而是让车夫把车拉到大门外，他才上了车，以此表示对主人的尊敬。

王掌柜名叫王广和，五十出头，商界名流，开着北源最大的杂货铺，而且在后套、临河、五云县都有分店，也算北源的一位财主。他膝下有一儿一女，儿子刚刚十岁，在上小学，女儿已经十七岁，两年前以优异成绩毕业。王广和觉得自己这几年身体状况一年不如一年，繁多的商务活动使他心力交瘁，难以支撑，想找一个接班人来接替自己。无奈，儿子才十岁，需要精心培养，而且还不知是不是这块料。女儿虽然已经成人，但毕竟是女流之辈，不宜抛头露面。想来想去，他只有找一个忠诚老实又有才华的女婿来接班。

王广和的女儿不但才华出众，而且漂亮贤惠，所以上门求亲说媒的络绎不绝。但是，王广和这人选择女婿的条件非常高，要不嫌人家相貌平平，要不嫌人家学识才华一般，要不说人家不够儒雅，一个也没看上。所以这成了他的一块心病。

但自从在刘海家偶然看到刘耀武，王广和的心底里就有了接班人选。他喜欢刘耀武的容貌、性格以及他的言谈举止，更喜欢他的才华横溢。他还觉着他们之间缘分不浅，自己酷爱书法，不敢说是书法大家，起码是有些造诣吧，刘耀武也爱书法，而且已经达到一定的水平，在年轻人中可以说是出类拔萃、凤毛麟角，这不正是上天赐给他的乘龙快婿吗？所以他坚持留了定金并让刘耀武写了收条，好让内人和姑娘见识见识刘耀武的书法功底。他还让刘耀武带着狐皮的样品去自己家，也并不是要让她们看狐狸皮，而是让她们也相看相看他选中的女婿。

十

第二天，刘耀武骑着自行车，带着几张不同花色的狐狸皮样品，来到了王掌柜的府上。看门的下人好像已经知道了他要来，没有询问就把他领到一扇房门前面说："这是王掌柜的书房，王掌柜正在书房等你。"王广和听见敲门声便开门迎接。刘耀武进得门来先向王广和问好，并鞠了一躬。王掌柜说："耀武辛苦了，麻烦你跑一趟。请坐，请坐！"

刘耀武并没有就座，而是局促地站在原地，不由自主地环顾一下四周，立马就被震慑住了。好大的书房，足有三间房大，屋子内的陈设也非同一般，虽然简单，但很雅致：靠着东山墙有一个硕大的书橱，几乎占满了一面墙，里面放满了书；书橱的对面是一张两米长的写字台；沿着北墙根是一排条桌，都被油漆漆成暗紫红色，做工十分精致，古色古香的，还散发着一股沉香的香味；长长的北墙和西墙上全部挂满了字画。刘耀武顿时产生一种肃然起敬的感觉。如果说昨天他对王掌柜十分敬重，是出于商家对客户的尊敬、晚辈对长者的尊敬的话，今天的肃然起敬则是一个学生对知识、文化、先生的尊敬。他又有点手足无措，觉得自己手中提着的东西与这里的氛围格格不入，这样的环境根本没有放它们的地方。他下意识地看了一下地面，原来青砖墁地的地面上已经铺了一层报纸，看来主人已做好了准备。他就把包袱小心地放在报纸上，轻轻地打开它，然后轻轻地拿起了一张张狐狸皮，又轻轻地把它们铺在地上，唯恐有一点点细小的皮屑或绒毛飘散开来。王掌柜亲切地让他坐下，并给他倒了一杯茶，他赶紧站起来，点头致谢。王掌柜看他拘谨的样子，就说："耀武，你不要客气，也不要拘束。我跟你爹是大平老乡，又是生意上的老相与，是自家人。以后常来常往，你就像回自己家一样，不必客气。"不一会儿，王家母女俩进来了，王夫人笑容可掬，王姑娘却很害羞，满脸通红。刘耀武赶紧站起身来，王掌柜先介绍说："这就是我说的咱们大平老乡刘掌柜的公子刘耀武。"他又指着王夫人说："这是你婶儿。"刘耀武赶紧鞠了一躬，说："王婶儿好。"王掌柜又介绍王姑娘说："这是玉莲，她比你小，以后就叫你耀武哥吧。"刘耀武红着脸，轻轻点了点头，玉莲姑娘脸涨得更红了，腼腆地掉转了头。刘耀武赶紧走到狐狸皮旁，说："家父交代了，这两张叫蓝狐狸皮，别看它们颜色不那么鲜亮，却很稀少，稀者为贵，所以很珍贵的。"刘耀武又用手指着其余的狐狸皮说："这两种都是火狐狸皮，只不过一种颜色比较艳，另一种颜色比较浅，请夫人和小姐选选吧。"

于是，母女俩就围着狐狸皮，挑选自己心仪的颜色。奇怪的是王夫人注意力好像并不完全在地上的狐狸皮上，而是有意无意地看向站在旁边的刘耀武，她从不同角度仔细地看着他。而玉莲姑娘则是既想看又不敢正面看他，时不时偷偷地用余光瞟他一眼。

母女俩看了好几遍，也没确定自己所爱。这时王掌柜说话了："瓜地挑瓜，挑得眼花，我看你们也拿不定主意，还是我来替你们拿主意吧。我看玉莲适合穿这个蓝狐狸的，你天生丽质，不需要浓妆艳抹，更不需要衣着华丽，穿上一件稀缺的蓝狐狸皮做的大衣，不管在哪都气质出众，与众不同；而夫人已是半老徐娘，需要浓施粉黛，穿着也该华丽漂亮，就穿那个颜色鲜艳的吧。俗话说'老要癫狂'嘛。"

王掌柜的建议很中肯，但话却不中听。王夫人立即反问："在你心目中我就那么老吗？"一句话，问得王掌柜有几分尴尬。

刘耀武赶紧插话："王婶儿不老，一点都不老。"

本来也就是一句开玩笑的话，听刘耀武这么一说，王夫人就喜笑颜开地说："还是耀武会说话。"她又说："我们就不打扰你们了，你们说你们的话吧。耀武以后要常来，不要客气。"说完，母女俩就高高兴兴地离开了书房。

母女俩走后，刘耀武赶紧把地上的狐狸皮轻轻地卷起包好，然后忙不迭地沿着墙根看墙上的书法绘画。书画中有几张出自名人之手，其余多数落款为"广和真人"。不用问，这就是王掌柜的作品。刘耀武不由得脱口夸赞："王叔的书法可真是功夫独到、炉火纯青、苍劲雄浑、力透纸背。"

王掌柜忙说："不行了，这几年只是马齿徒增，以后还是你们年轻人的天下。"

说完，他又从抽屉中拿出两块鸡血石料，说道："耀武，我还有一事相求。"

刘耀武赶紧说："只要小侄能办到的。"

王掌柜说："我的眼力不行了，这两块鸡血石料麻烦你给王叔刻两枚章：一枚隶书的，一枚篆书的。"

刘耀武忙说："王叔的事儿小侄当然全力以赴，但是就怕功力不足，刻坏了这名贵的石料。"

王掌柜笑着说："没关系，刻坏了磨掉一层再重新刻，王叔相信你。"

刘耀武说："既然王叔相信小侄，那我就献丑了。"于是他把两块石料揣在怀里，拎着包袱告别了王家。

送走了刘耀武，王家人便开始议论。王掌柜说："我的眼力不错吧，你们看这后生，挺英俊吧？"

王夫人和玉莲都点头表示赞同，王夫人首先表态，她很激动地说："现在就可以找一个合适的媒人，上刘家提亲。"因为王夫人的选择条件很简单，就是英俊潇洒，让自己脸面上光彩就行。

王掌柜说："真是妇人之见！我们家是什么门户？他家又是什么人家？我怎么能主动上他家提亲呢？哪有女方主动提亲的道理？再说了，咱们这是一厢情愿，如果刘家不同意呢？我王广和的脸往哪儿放？"

王夫人红着脸问："那你说该怎么办？"

王掌柜说："依我看，还是让他多来多往，慢慢与咱家培养感情，尤其是他和玉莲的感情。另外，刘耀武现在正处在难处，被电报局解雇了。我看他也是知恩图报的人，如果咱们能帮助他恢复工作，他会向咱们靠近的。你们觉得怎么样？"他把目光转向了女儿玉莲，

玉莲羞羞答答地说："我看这事不能着急，现在见着他的面了，还不了解他的人品、性格，还是要想办法了解清楚最好。"

王掌柜接着说："玉莲说得对，咱们不能着急，慢慢来。"

王夫人又问王掌柜："那怎么了解呢？"

王掌柜说："咱们眼前就有一个人，既能帮咱们了解他，又能

帮他解决工作问题。"

王夫人问："是谁？"

王掌柜说："那电报局的马局长不是你的远房表弟吗？通过他不就是最好的办法吗？"

王夫人赶紧说："不行，不行，虽然是远房表弟，但咱们和人家没有什么来往，只是在宴会上碰见会打招呼。咱们有事求人家，这不是'闲时不烧香，急时抱佛脚'吗？"

王掌柜又说："这你就不懂了，现在社会上办事，哪能都是亲戚？他不认识你，还不认识大洋吗？他就每月那点薪水，没有外快能行吗？他那个官是买来的，不捞点外快不就赔本儿了吗？况且咱们和他还有这么一层关系，不是更好搭上线吗？咱们跟他拉拉关系，让刘耀武走走礼数，他得到了好处，给刘耀武解决了问题，对刘耀武好，对咱们也好。这样的事何乐而不为呢？咱们这不是在给他找麻烦，而是帮助他。"

王夫人也茅塞顿开，便问："那具体该怎么办？"

王掌柜说："一切由我安排。"

十一

　　一个星期日的中午，电报局局长马长生和他的夫人一起应邀来

到表姐家，也就是王夫人家做客。酒席很高档，鸡鸭鱼肉、海参、

鱼翅等八珍玉食应有尽有，喝的是杏花村汾酒。马长生心想：自己

虽然是电报局的局长，但是姐夫在商界，无论社会地位还是财力都

远远高于自己，不需要巴结自己，姐夫也没有欠自己什么人情，为

什么这样隆重地招待自己呢？他一头雾水，大有受宠若惊的感觉。

　　推杯换盏，几杯酒下肚后，马长生便问道："小弟何德何能，受姐姐、

姐夫这样隆重款待？想必姐姐、姐夫有什么事情要嘱托，那就请姐夫明言，小弟两肋插刀，在所不辞。"

王广和说："没什么大事，只是想亲戚之间多走动走动，亲戚越走越亲。当今社会尔虞我诈，你争我夺，弱肉强食，亲戚之间应该互相照应。"

马长生接着说："姐夫说得极是，打仗需要亲兄弟，上阵还得父子兵嘛。"

痛饮几杯后，两人就都飘飘然了，舌头逐渐发麻发僵，但是话却越说越多。平时不愿说的、不敢说的，现在对着亲人、对着知己，便无所顾忌，甚至如鲠在喉，不吐不快了。马长生聊起了社会的黑暗、政府的无能，以及官场的拉帮结派、钩心斗角、互相倾轧，无所不用其极。

王广和则抱怨："兵荒马乱，民生凋敝，苛捐杂税多如牛毛，难以应付，纸币贬值快如闪电，猝不及防，生意实在难做啊！这几年让我心力交瘁，最近我有了慢慢退出商界，潜心研究书画艺术的想法。"

马长生听说姐夫要退出商界，研究书画艺术，很是不以为然。

他说："离开商界去研究书画？这书画只能算爱好，又不能当饭吃，更不能养家糊口！"

王广和说："兄弟，这你就不懂了，你只知道嘀嘀嗒嗒收发电报，那是什么？那是实用的技术，是西方工业革命以后才有的实用技术。我们的民族文化源远流长，在一些原始部落还穴居野处、茹毛饮血的时候，我们东方就有了中华文明。书画能修身养性、陶冶情操。一个民族的发展，当然离不开实用技术，但也离不开精神上的滋养。"

马长生说："听君一席话，胜读十年书。"王广和接着说："有一个哲人说过，在自己喜欢的时间，做自己喜欢的事，才是一个真正的自由人。每当我拿起狼毫，在宣纸上挥毫泼墨时，就觉得心情愉悦、心旷神怡，一天的疲劳便荡然无存。我也想做一个自由人啊！我还想收几个徒弟，把书画艺术发扬光大，传承下去。哎！说到这儿，我向兄弟打听一个人，这个人想跟我学习书法。他是咱们的大平老乡，我一个朋友的儿子，叫刘耀武。我听说他在你手下干了一年多，不知这人人品怎么样。"

马长生说："姐夫，你算找对人了，刘耀武是在我手下干了一年多。"

马长生停顿了一下，喝了一口茶，随后看了一下四周，看到姐姐和外甥女玉莲紧张地把目光投向自己，似乎对此非常关心，于是说："这人人品不错，也很有上进心，文化和技术都很好，就是有点高傲自大、目中无人，不怎么团结同事，逢年过节也不到同事家走动走动，有点孤芳自赏的样子。"

他看到表姐和外甥女玉莲的情绪放松了很多。表姐迫不及待地问道："那为什么就解雇了他？"

这时他看见玉莲的情绪又紧张起来，他虽然喝了不少，舌头有点僵，说话有点慢，但是脑子还是相当清醒的，他觉得这事情很蹊跷：既然是姐夫收徒弟，那表姐和玉莲为什么这样关心呢？恐怕没这么简单吧？是不是要招东床？恐怕这就是今天请吃饭的原因吧。他慢条斯理地说："说起来就是点不值钱的烂事。这小子倒霉，和二区区长的公子喜欢上了同一个人，叫什么白二小姐。他被人家手下的小兄弟打了，还被人家反咬一口，说他打了公务人员，说他勾引妇女破坏社会秩序。这个小兄弟是个二油腻赖皮，仗着张区长的势力，整天来局里闹，闹得鸡犬不宁，不能正常工作，张区长又在暗中使劲施加压力，再加上刘耀武这小子没有人替他说话，没办法，我就把他解雇了。"这时他眼睛的余光看见表姐和玉莲脸上都带有很尴尬的表情。他赶快接着说："但其实哪有什么勾引妇女、破坏社会秩序的事哪，只不过是年轻人玩玩而已，况且现在白二小姐已经离开北源回到了天江，这下就风平浪静了。"

他看见表姐和玉莲的脸色慢慢平复了。表姐又追问："这白二小姐是什么来头？"

马长生说："她爸叫白子厚，也是出名的商界大佬。"

好久没说话的王广和说话了："就这么点小事儿就把人解雇了？你们的一句话说得容易，可把个小后生憋屈坏了，本来是活蹦乱跳、生龙活虎的，现在像霜打的茄子。这可是砸了人家的饭碗，毁了人家的前途。你是局长，有'生杀'大权，能不能想办法再恢复他的工作呢？"

这时，马长生确实在认真地思考：第一，王广和社会地位很高，从不轻易求人，今天为刘耀武求情，可能刘耀武在王广和心中分量很重，这个面子不应驳；第二，白小姐已离开，这场风波已平息，让刘耀武恢复工作也不会再起什么波澜。再说，刘耀武这小子收报、发报、译报既快又准，还能修理发报机，他离开以后，电报局工作很受影响，大多数时候工作都是慢慢腾腾、拖拖拉拉的，现在让刘耀武恢复工作对局里也是很有好处的。想到此处，他终于开口了："这事儿固然是小事儿，但是已经做了决定，再收回来确实有点困难。可是姐夫的事小弟义不容辞，我要想尽一切办法上下通融，让他恢复工作。姐夫让他一个礼拜以后去找我吧。"马长生的这一席话让满天乌云消散了，王广和如释重负，表姐和外甥女也眉开眼笑。

王广和郑重地说："解铃还须系铃人，这事还必须刘耀武自己出面，该认错认错，该有的礼数必须走，对你这局长大人的大恩大德必须知恩图报、永志不忘。"王广和的话锋一转："不过，长生，你也必须保护好自己，不要给别人留下口实，让人家抓住把柄。"

马长生说："姐夫言重了，哪有那么大的大恩大德，姐夫家的事儿就是小弟的事儿。这事儿也请姐夫放心，现在官场纷纷杂杂，乱象丛生，每天电话、字条满天飞。如果说省电报局和市政府要人，都在替人说情，谁知道刘耀武搬动的是哪方神圣？"

王广和笑着说："谁能想到我王广和还是一方神圣？"

宴席在欢乐的气氛中结束了，王广和一家人把客人送上自家的轿车子，又把两瓶汾酒塞进车里。马长生死活不要，但拗不过主人的盛情，也只好收下了。两家人互道珍重后，随着车倌一声"驾！"，轿车子离开了王家。

送走了马长生夫妇，王家一家人又围坐在桌边，一边喝茶一边聊刚才的事情。夫妇俩认为，今天的事情办得很顺利，非常高兴。唯独玉莲有不同的看法，她说："既然刘耀武跟白二小姐相好，咱们就不要再插一杠子了，这样不道德。白二小姐，我也听说了，漂亮风流、多才多艺。"

父亲听出女儿既有道德方面的考虑，又有不自信的心理，便说："自由恋爱，允许她自由也允许咱们自由，他们不是既没订婚也没结婚吗？只是年轻人之间一时兴起。现在她已经回到了天江，人一走，茶就凉。偌大的天江市还没有比他刘耀武更优秀的人？白家二小姐还会时时惦记着他吗？再说了，白子厚的性格我是清楚的，他独断专行，根本不让女儿自由恋爱，更看不上刘海这样的小门小户。放心吧，这档子事儿就当没有，咱们该怎么办就怎么办吧！"

十二

过了几天，刘耀武又来到王家，从怀中掏出两个非常精致的印章匣，毕恭毕敬地放在王广和面前，忐忑不安地站在一边，聆听王叔对印章的评价及训教。王广和一边打开盒子一边说："让你义务刻章就够劳驾的了，还让你破费买匣子，谢谢了。"

刘耀武赶紧说："在王叔面前班门弄斧，能求得指教我就很荣幸了，哪能受这'谢谢'两字？我实在不敢当。"

王广和戴上老花镜，仔细看看印章，再看看印模，反复看了好几遍。虽然笔力和刀功还稍显稚嫩，不过一个刚出道的青年人能有这样的水准和功力，那就算很好了，实在难能可贵。

"总的来说还不错，后生可畏。但是，笔力、刀功都还需要提高，还是先写写魏碑吧。今天王叔送你两本字帖，一是魏碑《张猛龙碑》，一是颜真卿的《麻姑仙坛记》。你要多临、多观、多品，要能够钻进去，还要能够跳出来，不能拘泥于字帖，还要有自己的风格。不是有一句古训'尽信书不如无书'吗？在我看来，书法也是如此。还有，写字一定要凝神静思、气沉丹田、笔随心动、一气呵成。"王广和循循善诱。

刘耀武连忙说："我知道自己的功夫还很欠缺，今后一定要按照王叔的教导，继续努力下苦功夫。"

王广和喝了一口茶，停顿了一会儿，继续说："俗话说'只要功夫深，铁杵磨成针'，学业无止境，努力永无止境。"

刘耀武说："一定听从王叔的指教，刻苦学习，精益求精。"

王广和又郑重其事地说："做人和治学是一个道理，一定要努力再努力，而且要谦虚谨慎、戒骄戒躁，不能有一点成绩就沾沾自喜、骄傲自大、目中无人。孔圣人说过一句话，'三人行必有我师'嘛。事业上超过了同事，你也不能小看人家，每个人都会有长处，都会有不足。你要学习人家的长处，千万不能小瞧某一方面不如自己的人。"

刘耀武起初还以为王叔是在泛泛地讲做人的道理，可是越听越觉得不对劲，好像是针对自己说的。于是他苦思冥想自己和王叔相处时，有什么不妥之处。可是他仅仅和王叔见了三次面，而且每次见面自己都格外小心、谨言慎行。找不出什么问题，刘耀武一头雾水。王广和看见他惊诧的样子，就把电报局马局长与自己夫人的关系，以及马局长在星期天来自家走动的事告诉了他。刘耀武听到马局长是王夫人的表弟，并和王家有过交流，非常吃惊，心想：天下竟有这样的巧事，这下完了，自己被解雇的缘由，以及自己和桂荷的事，一定也被通通抖搂出来了。想到这儿，他羞得面红耳赤。谁承想，王广和并没有说这些，而是把自己向马局长替他求情，而且马局长已经答应让他复职的事情，简单说了一遍。刘耀武立马由羞愧转为大喜过望，红着脸向王广和千恩万谢，并保证今后一定按照他的教导做事做人。

王广和说："我这人就是不忍心看人受苦，遇见有苦难的人，总想帮他一把。正好有这层关系，也没费什么大劲儿，就把事办成了。你不要感谢我，你要好好感谢一下马局长。礼数当然要走好，更重要的是以后要努力工作，给他脸上争光，也让我不要白费此心。"王广和还告诉他去见马局长要带什么档次的礼物、说什么话，安顿得真是面面俱到、细致入微。王广和说话时，刘耀武仔细察言观色，感觉王叔并没有什么保留和隐瞒，可是他还是担心马局长抖搂了白桂荷的事，怀着既欣喜又尴尬的心情离开了王家。

一个晚上，马长生刚吃完晚饭，忽听得有人敲门，来访者正是刘耀武。刘耀武明显消瘦的脸上勉强地挤出笑容，他低声下气地说："局长，不好意思，这么晚了还打扰您。"

刘耀武手里拎着两个包，眼睛四处看来看去，不知道该把它们放在哪里。马长生赶紧接过来把它们放在饭桌上，说："你来就来吧，拿这么多东西干什么？"

刘耀武说："相处一年多了，头一次上门，哪能空着手呢？东西不多，只是一点心意而已，礼轻情意重嘛。"

刘耀武随手打开一个包，从中取出两盒铁筒炮台烟、两瓶汾酒、两包槽子糕点心，又从另一个包里取出一件滩羊皮皮袄。

马长生眼睛一亮，嘴上却说："你有几个钱？买这么多东西，恐怕得花掉你两个月的薪水，我怎么好意思收下？"

刘耀武说："只是烟酒花了几个钱，皮袄是自家的。不过这可是一件好东西，又暖和又轻巧。"说着，他把皮袄拿起来上下抖抖，那雪白的九道弯麦穗，总是向下垂着。马长生说："真是好东西，谢谢你老爹了。"他赶紧让刘耀武坐下，谈话进入了正题。马局长说："耀武，这一个多月让你受苦了。你知道我当时也是实在没办法，对方闹得凶，闹得局里鸡犬不宁，不能正常工作。报到警局，警察看着张区长的面子不理不睬，张区长的公子又出面找碴儿，讨要说法，我只能忍痛做出决定。"

刘耀武立即站起来说："给局长惹了太大的麻烦，实在不好意思，我给局长赔礼了！"他恭恭敬敬地给局长行了一个礼。马局长招呼他坐下，又说："你年轻，不知道天高地厚，我送你两句话。第一，是不要干自己做不成的事儿，那个白家二小姐不是咱们能够得着的。现在，她不是一去不回头了吗？第二，是不要惹自己惹不起的人。你知道现在这国民政府多么黑暗，官员们凭着手中的权力，压榨老百姓，'衙内们'也是横行霸道、无恶不作，咱们惹不起。恰恰是这两条，你都没做好，再加上跟同事、上司相处时不会回头拐弯，得罪了一些人，才惹来这么大的麻烦。你今后不仅要学好技术，重要的是还要学会做人处世，才能在社会上站稳脚跟。"

刘耀武违心地点了点头说："一定听从局长的教诲。"

马局长继续说："这次让你回来，我确实冒了很大的风险，有来自上面的、来自下面的，来自局内的、来自社会的。但是有姐夫的一句话，我就一定要冒这些风险。你知道姐夫在我们家族中、在社会上，地位有多高？真是德高望重啊。他从来不轻易开口求人，他求我了，我就一定要办！从这件事中也可以看出，你小子在他心目中的地位是何等重要，这是你小子的福分啊！今后多接近他老人家，亲近他老人家，聆听他的教诲，你肯定受益匪浅！"马局长本来还想夸玉莲几句，但实在没法开口，就这样点到为止了。说得有点口干舌燥了，他喝了一口水才继续说："说点具体的吧，下个礼拜一你就回局里上班，还是原来的岗位、原来的工作。别人要问你是什么人帮你说的话，你就笑而不答，千万不能说出是姐夫帮的忙。有姐夫这层关系，咱们以后就是自家人了，我当然要在各方面照顾你，尽量培养你。你也要好好工作，支持局里的工作，再就是要及时向我反映下面的情况。好啦，时间不早了，你赶快回吧，你老爹还等着消息呢！"说完，他破例亲自把刘耀武送出大门外。

礼拜一早晨，刘耀武重新坐在了电报局的办公桌前，座位还是以前的座位，周围的环境也跟原来一模一样，就是同事们看他的眼神跟原来大不相同，有几分诧异，有几分惊奇，有几分羡慕，还有几分示好。当然有好事者向刘耀武打探这事态变化的缘由，又追问是什么贵人帮了他的忙。他按局长说的，只是笑而不答。没过几天，刘耀武上面有靠山的传言就传遍了整个电报局，他还就成了一个让同事们另眼相看的人物了。

刘耀武驾轻就熟地完成了一天的工作，下班后草草吃了一口饭，带上父亲早准备好的装礼品的包袱，赶紧来到了王家。他穿着电报局的制服，显得格外精神，充满青春活力，脸上也流露出发自内心的喜悦。王家人看到他这副模样，甚是欢喜。王夫人说："这人是衣架子，这套制服穿到耀武身上，就显得更加漂亮。我看耀武可以改行做模特去了。"王广和也露出少有的笑容，只有玉莲红着脸没说话。王广和站起身来招呼刘耀武，一起到书房谈话，并示意他把包袱带上。

刘耀武首先讲述了见着马局长后以及第一天上班的情况，当然少不了马局长对王广和的评价以及尊敬之情。

王广和赶紧摆摆手说："别听他瞎说，我哪有那么神？不过你以后一定要努力工作、努力学习，把技术学得精而又精。你要知道，有技术可以走遍天下。不管什么社会，不管到什么地方，不管为什么人服务，只要有技术就不愁没有一碗饭吃，不愁做不了人上人。"刘耀武深深地点头称是。

刘耀武打开了带来的包袱，拿出一件紫羔皮袄，毛色漆黑，而皮板儿却是原来的乳白色，说明是原封货，没有经过染色，而且又轻又暖和，是皮货中的珍品。他又拿出一条全狐围脖，毛色油亮，光彩夺目，把它放在桌子上，就像一只全须全尾的真狐狸卧在那里。尤其是用玻璃球镶嵌的两只眼睛，似乎在闪烁着绿光，神采奕奕。它是贵妇人的配饰和身份的象征。这是两件人人喜爱的礼品，一般人求之不得。刘耀武满脸兴奋，甚至有点骄傲地说："这些是老爹多年来舍不得卖的心爱之物，非要亲自来送给王叔不成。我看他岁数大了，腿脚不方便，我就代劳了。"

王广和立马站起来说："这可不行，回去告诉你爹，他的心意我领了，但是东西绝对不能收。我帮你，只是举手之劳，怎么能收这么贵重的礼品？再说，我帮你只是看在大平老乡的分上，看在我和你爹多年的交情上，看在你有才华而且心地善良的人品上。我帮人本来都是义举，绝不打算要什么回报。我要收了你们的礼品，那就违背了我的原则，就成了商业行为，俗不可耐了。耀武，你要理解叔叔，不要坏了我的道行。"

刘耀武说："王叔古道热肠、乐善好施，小侄非常钦佩。可是还有一句名言：'受人滴水之恩，当以涌泉相报。'还有'投我以木桃，报之以琼瑶。匪报也，永以为好也'。您如果不要我的礼品，我不就成了知恩不报的小人了吗？"

王广和说："你小子嘴还很厉害，当以涌泉相报，也不见得就是要拿东西拿钱财来报啊，还有别的方式嘛。再说报也不用马上就报嘛！人活在世界上，哪有从来不遇见难事的，谁都有马高镫短的时候，到那时候，你帮帮我不就行了吗？"

刘耀武又说："那不是一句话，谁还能盼着您有马高镫短的时候呢。"

两人沉默了一会儿，刘耀武突然说："王叔，我的一个院邻是个小行贩儿，做小买卖的，知道我在电报局工作，经常向我打听天江、北平的日用品行情，比如洋火、洋蜡、白糖、黑糖的价格。我帮他留意了，他挣了钱请我下馆子吃饭，还给我买了一支洋笙。不知道这些消息对王叔有用没用。"

王广和说："当然有用，做生意的就是靠消息灵通。你既然能得到这方面的消息，那就请你及时给我传过来，如果我不在，你就告诉玉莲好了，你这不就帮了我吗？"其实，王广和说这话并不是打算从刘耀武提供的消息中赚什么大钱，而是另有打算：一是把刘耀武要报答恩情的举动搪塞过去；二是让刘耀武多接触玉莲，慢慢培养感情。

刘耀武做事是非常认真的，他从王广和那里要了主要经营的日用品目录，然后在每天的收报、译报中，特别留意它们的价格变化，只要有价格变化，他就认认真真地把它记下来迅速送到王家。有一天，刘耀武收到了一份电报，是在一艘运输煤油的轮船上工作的一个海员发给北源的亲友的。电报中说，他工作的油轮在海上遭遇台风沉没了，但他安然无恙。刘耀武就赶快把这个消息告诉了王广和。王广和喜出望外，赶紧大量采购煤油。几天后，果然煤油价格大涨，王广和从中赚了不少钱。此后，王广和就更加看重刘耀武了，把他作为接班人的信心也更足了。

十三

刚进十月的一天下午，老刘海一个人戴着老花镜正在缝皮袄，忽听有人叫门，赶紧摘了眼镜去开门。来者是两个女人：一个五十岁左右，穿着绿色的缎棉袄、黑色的绸缎棉裤，一身珠光宝气；另一位不满二十岁的少女，穿着一身黑色的薄棉衣。看样子，她们是母女俩。年长的一位自报家门，说是王广和的妻女。老刘海嘴里招呼着贵客，赶紧让座并沏茶倒水。王夫人说："刘掌柜不要忙活了，我们刚从茶馆出来，不渴。"老刘海从里屋拿出一个包裹，里面包着两件狐狸皮大氅，母女俩急不可待地穿上了自己的大氅。这时老刘海从里屋搬出一面落地的穿衣镜，把它放在与中堂的镜子相对的地方。母女俩轮番在两面镜子中间转动着身体，上上下下、前前后后、左左右右、仔仔细细地看了个够。两件大氅真可说是巧夺天工，花纹的对接、颜色的搭配非常和谐自然，天衣无缝。王夫人雍容华贵，女儿玉莲高雅端庄，两人都非常满意，夸赞刘掌柜手艺好。她们试了半天才恋恋不舍地脱下，请刘掌柜重新包好。老刘海说："穿着这衣服，不管到什么高贵的场合，也是气质出众的。可是反过来说，这衣服也在人穿，你们身材好，长得秀气，让我这衣服也显得更漂亮了，等于给我做了宣传。要这么说，我还得感谢你们呢！"王夫人喜笑颜开："刘掌柜真会说话，可是说一千道一万，还是您的手艺好。"说着，她从手包里拿出十八块大洋和刘耀武写的那张定金的收条："刘掌柜，你过过数，看看真假。"

老刘海赶紧摆手："你们帮我们那么大的忙，送点礼品又不接受，我看这个钱就按一半收吧。"

王太太说："那可不行！咱们情谊是情谊，生意是生意，你的狐皮也是好价钱收来的，你再一针一线地做出来，咱们按说好的价，一分也不能少。临出门时，我家掌柜的也再三交代不让少付一个大洋。你要少收，我们回去也没法交代，还得挨骂，你就收下吧。做得好，我们很满意，很感谢你。"

刘海只好把钱如数收下。王太太又说："刘掌柜，这大氅现在看起来非常漂亮，可是咱们这地方冬天烟雾大，用不了几年，看着就不鲜亮了。"

老刘说："这个别犯愁，什么时候不鲜亮了，你们拿回来，我给你们洗，保证洗完以后和新的一样。"

见母女俩还没有要离开的意思，老刘海赶紧给续上茶，请客人喝。但是母女俩并没有喝，而是站起身来看墙上的一幅幅字画。玉莲姑娘看得很认真，嘴里还不断地念着诗句。王夫人文化程度不高，好多字还不认识，可也是赞不绝口。

母女俩在看墙上的字画，老刘海却装作不经意地上下打量着她们。尤其玉莲姑娘，那苗条的身材、宛如桃花的容貌，以及两条又黑又长又光亮的大辫子，简直是九天仙女下凡。他心里乐开了花：这不是上天赐予我的儿媳妇吗？！王夫人的一句话打破了他的遐想。她问道："这些都是耀武写的吗？"老刘海说："全是他写的，不怎么好，献丑了。"王太太又说："这恐怕要好几年的工夫吧，还要耐得住性子，坐得住才行。耀武这么年轻，在家能坐得住吗？"

老刘海说："我儿子和其他青年人不一样，不爱出去疯跑，就爱在家看书、练字、吹洋笙。"

王夫人接着问："他也不出去和朋友喝酒吗？"

老刘海说："他最反对抽烟喝酒，有时候我抽根烟，他还躲得远远的。我没出息爱喝两盅，让他陪我喝一点，他也不情愿。勉强喝上一两盅，就脸红脖子粗，不胜酒力，上不了排场。"

王太太又问："这么帅气的年轻人，有女朋友了吗？"

老刘海笑着说："不要说女朋友啦，男性朋友也没有几个，就是有几个同学走得近一点，有时出去排排戏、练练歌。"

玉莲觉得母亲问得也太露骨了，很不好意思，禁不住红了脸。她伸手拉拉母亲的衣服说："妈，时间不早了，别耽误刘大伯的时间了，人家还得干活呢！咱们回去吧。"

王太太似乎也觉得自己问得不太恰当，就顺着玉莲说："好吧，不耽误刘掌柜的工夫了，再见吧。"

老刘海赶紧提着包袱送客人，可是玉莲死活要自己提，说："您这么大年纪了，让我提吧。"

老刘海更觉得这孩子真有礼貌真懂事，也没再推辞就把包袱给了她，空着手把母女二人送上了轿车子。

十四

　　刘耀武下班回家，一开门就闻到一股炒羊肝的味道，又看到八仙桌上放了一盘炒鸡蛋、一盘烩菜，酒嗉子也立在桌子当中，就问："爹，今天是什么日子，怎么准备这么多好菜，还有酒？"

　　老刘海说："什么日子也不是，只是有喜事！"于是他把王家母女来家里的事情一五一十、详详细细地说了一遍，说："十八块大洋可是你两个月的薪水，咱家的时运来了。再说，你也要考虑结婚的事情了。你看王家姑娘多么漂亮，有文化，懂礼数，样样出挑。

王家又是有名的大户人家，又谦和有礼，咱们打着灯笼也找不到呀！现在看来，只要咱们上门提亲，王家一定会答应。"

刘耀武大吃一惊，赶紧说："这可不行，咱们和人家门不当、户不对，高攀不起。"

"那有什么？人家都不嫌弃你，你为什么自我贬低？你做王家女婿，我做王家的亲家，多么荣耀！"老刘海话音刚落，刘耀武随即说道："爹，你没看见好多戏中就有穷人家的孩子进了有钱有势的高门大家之后要低声下气、低三下四的，我可做不到！"

父亲笑着说："你这样想就不对了，自古以来女婿是最荣耀的亲戚，北源不是有句俗话，'女婿上门，老母鸡头疼'吗？再说，王掌柜可是很善良儒雅的人，他对别人都那么好，对女婿还会差吗？现在，人家就对你这么好，结婚以后不是会更好吗？"

刘耀武有点着急了，说："爹！王叔对我好、帮咱们大忙是因为王叔人心地善良、乐善好施，又看到了我的才华，想让我做他的徒弟，传承书法艺术。咱们可不能误解人家的好意，给上三分颜色就要开染坊。咱们如果现在上门求亲被王家拒绝，又引起王家反感，王家也许就再也不理咱们了。"

老刘海也着急了："不管怎么说，这主就得我做。咱们祖上就是这样传下来的，谁也不能改。"

刘耀武再也找不出反驳父亲的话，憋了一会儿，终于脸红脖子粗地说自己已有心上人，而且与心上人私订了终身，自己绝不做负心的人。老刘海着急地问是哪家姑娘，刘耀武如实回答是白家二小姐。老刘海沉默了，一句话也不说，只是不停地吱溜吱溜地喝酒。

过了好大一会儿，他才慢慢地说："爹今天把话撂下，这事绝对成不了。你不要痴心妄想了！因为这事儿怪咱们呀，怪你爹呀！"他又干了一盅，也许是酒后吐真情吧，他眼眶红了，眼睛好像也湿润了，慢慢地说："原来白、刘两家关系非常好，我管白子厚的父亲叫白叔，白叔是黑皮坊的老掌柜，你爷爷是皮革鞣制师傅，伺候人家。本来你爷爷挣钱也不少，可是他有抽大烟的嗜好，咱们家常常揭不开锅，人家经常接济咱们。两家人就住在一个院内，两家的孩子也就像亲兄弟姐妹。白子厚比我大两岁，我比他妹妹子倩大两岁，他老欺负我，而子倩却老帮着我。到十五岁，我就去一家白皮房当学徒。当时的老规矩是学徒三年，然后谢师一年，都在柜上住。

原来我和子倩只是两小无猜，根本不懂男女之情。后来，我在师父家住了四年，人长大了，也懂事了，和师父的姑娘就好上了。子倩听到消息后哭得死去活来。师父也看我忠厚老实，人样子也不错，就把姑娘嫁给了我，就是你妈妈。结婚当天，白子厚过来大闹一场，他骂我是忘恩负义的王八蛋，还要揍我，多亏子倩跑过来把他拉走才算了事，从此白、刘两家就结下了仇。你不到一岁的时候，你妈妈得急病去世了。白子厚这人聪明过人、诡计多端，又特别爱记仇，他怕子倩和我再有牵扯，就狠心把她送回天江老家，嫁给了一个水手。不久，那水手因海难去世了，子倩就再没结婚，孤苦伶仃地一个人过。白子厚后来把自己最心爱的二姑娘过继给了妹妹。你说两家的仇恨这么深，白子厚又是这样一个人，他能容许你们自由恋爱吗？他能把女儿嫁给你吗？"

听了父亲这番话，刘耀武受到了打击，可是转念又想到桂荷的纯真善良、坚强不屈，以及当初的海誓山盟，他还是信心满满。他反问父亲："如果白家同意了呢？"

老刘海肯定地说："那你爹我就同意。可要是白子厚不同意呢？

你就打一辈子光棍？"

刘耀武斩钉截铁地说："那我就听爹的。"其实他心里想的是：

只要桂荷愿意，谁也挡不住！

十五

　　白桂梅去天江已经两个多月了，她的丈夫王永富望眼欲穿，盼

着她回来，倒不是因为夫妻感情有多么深，而是另有原因。他原是

一个富家子弟，长得也还标致，又是北源人，所以白子厚把女儿嫁

给了他，可是结婚没多久，他的父母相继去世，他又染上了大烟瘾，

没几天就把家产糟蹋个精光，以致后来连锅都揭不开了。白子厚碍

于面子，没让女儿离婚，就把女儿一家的生活费，包括他抽大烟的

费用都包了下来。但是白子厚有一个规矩，他的钱只给女儿，不给

女婿。王永富每天跟老婆要抽大烟的钱，手上从来也没有多余的钱。

白桂梅去天江时，给他留了十块大洋，这一下可好，钱到手、饭到口，他大手大脚地花钱，肆无忌惮地抽大烟。每次抽足了大烟，王永富觉得飘飘然如腾云、悠悠然如驾雾，幸福、快乐、舒坦的感觉浸润着每一根神经、每一个细胞。他就这样每天吞云吐雾，本来够三个月花销的钱，他一个多月就花光了。抽大烟的人一顿两顿不吃饭可以，但是一顿不抽大烟是万万不能的。

这一天，王永富的大烟瘾犯了，感觉全身无力，面色灰暗，鼻涕眼泪不停，喷嚏哈欠连连，最要命的是骨髓里好像千百只蚂蚁爬来窜去，无数张嘴在吞噬他的骨髓，让他奇痒难耐，坐立不安。这时，他咬牙切齿地恨着白桂梅：恨她迟迟不归，断了他的财路，断了他的福寿膏；更恨她父亲白子厚立下这鬼规矩，让他拿不到钱。当务之急是想办法弄点大烟，他翻箱倒柜，好不容易找到一点儿大烟灰，一口喝在肚里，过了一会儿才勉强熬过了烟瘾。他知道这只是暂时的，用不了多久烟瘾还会发作，他必须尽快弄点钱、买点大烟才行。可是到哪儿找钱呢？去找老丈人，不但要不到钱，而且还得挨顿臭骂。想来想去，王永富决定去找他的同学张文胜。他厚着脸皮找到张文胜，乞哀告怜，请求借几块钱，指天发誓说等白桂梅回来，连本带利一并偿还。张文胜问他白桂梅去哪儿了。他说去天江了。张文胜又问白桂梅去天江干什么去了，他咬牙切齿地说，白桂荷死了，白桂梅送葬去了。他觉得这样骂可以出一口气，并且张公子也爱听，他知道张公子向白家求婚不成，肚子里也憋着一口恶气。另外，他认为送葬用的时间短，自己很快就可以还张文胜的钱，要说生病陪床，那用的时间长，还钱的时间也拖得长，怕张文胜不愿意。这一招还真灵，张文胜答应借给他五块大洋，让他立了借据，并要求他四处宣传白桂荷的死讯，张公子的小弟兄也开始到处宣扬这假消息。

不几天，白桂荷离世的消息在北源的年轻人中就传开了。

十六

老刘海很早就听到了白家二小姐离世的消息。他是在福生源喝

茶的时候听说的，在这个地方喝茶，好像参加新闻发布会，什么奇

闻怪事都能一早知道。当时他的心里很酸楚，他可怜白家遭此厄运。

不管怎么说，他跟白子厚还是一起长大的发小，有一段手足之情，

二姑娘又是自己儿子的心上人。他更可怜白子倩，她的命是多么苦

啊，他与别人结婚让她受到了沉重的打击，后来又中年丧夫落得个

孤苦伶仃，好不容易有侄女与她相依为命，可安度晚年，结果又遭

遇这样的不幸。老天爷怎么这样不公？老刘海最可怜的人，当然还是自己的儿子，他知道儿子是有情有义的人，而且对二姑娘爱得深、爱得真，这个消息要让他听到了，那可不得了呢，对他的打击太大了，闹不好会生一场大病啊，所以他一直隐瞒着这个消息。

刘耀武刚开始听到这个消息根本不相信，他想：那么年轻、那么健康、那么活泼的一个人说没就没了吗？可是后来他又想到原来他俩约定的一个月就会再见面并且她会带来好消息，而到现在她没有任何消息，他又有点怀疑。后来又听说这个消息是白家人传出来的，并且说白桂梅已到天江奔丧，他就更有几分相信了。于是刘耀武就约上韩汝福到白桂梅的邻居家打听，邻居说白桂梅确实不在家，可能去了天江。这一下，他觉得这消息千真万确了，一下子就像泄了气的皮球，再也支撑不住了。在回家的路上，韩汝福一直在劝他想开一点，不要相信谣言，可是他一句也没有听进去。回到家，他写了一张"患重感冒致发烧头疼，请假五天"的病假条，托韩汝福明天一早送到电报局，然后上炕蒙头大睡。其实他并没有睡，而是在伤心流泪，老刘海看他这样，心里咯噔一下，就猜出了大概，借着送韩汝福到院里，低声问了，便彻底证实了自己的猜想。老刘海想：既然他知道了，就按知道的办吧。

夜深人静的时候，刘耀武起来了，怕惊醒熟睡的父亲，便蹑手蹑脚地点燃了蜡烛，轻轻地拿出了她留给他的洋笙和她熬夜给他制作的洋笙曲谱。其中，最重要的一张是，他作词、白桂荷谱曲，经白桂梅和另一同学之手辗转传给他的《洋笙情》。刘耀武翻来覆去，一遍一遍地看着，抚摸着，然后把它们拥入怀中，泪水洇散了音符，淋湿了洋笙。睹物思人，他回忆起他们的一切，从偶然的邂逅到一见钟情，从志同道合的高谈阔论到老榆树下的感情交融，从黄河边的引吭高歌，到转龙藏听泉赏月，在留宝窑子吟唱《陌上花开》，到中山堂打开情感的闸门。他又环视了一下自己的家，就在这里，他们山盟海誓——海枯石烂、天荒地老，永不变心。在这里，他们初尝禁果，从恋人变成了爱人。他喜欢她如花似玉的容貌，他欣赏她高洁纯真的品性，他佩服她超群的才智，他爱她柔情脉脉，更爱她热情奔放。他感谢上天赐予他这样的仙女，他埋怨上天又把她带到了另一个世界，他多想也到那个世界，跟她朝朝暮暮、形影不离，卿卿我我、举案齐眉。

这时一声沙哑的咳嗽声，把他的视线引向了老刘海那牛山濯濯的头顶，沟壑纵横、髭须皆白的老脸。此时，老爹打着呼噜流着口水正在酣睡。是他，又当爹又当娘，一把屎一把尿地把自己拉扯成人；是他，至今还在日夜操劳，为自己娶妻成家积攒着每一个铜板。然而，他已是日薄西山，风烛残年。如果自己走了，谁来照顾他？谁来给他养老送终？他能受得了白发人送黑发人的丧子之痛吗？想到这里，他又一次热泪盈眶，走到父亲身边，有生以来第一次给他掖了掖被角。在以后的几天里，在冷冷清清的夜晚，他总要去谢家菜园，在大榆树下上香烧纸，然后用她留下的洋笙，吹奏她最喜欢的歌曲《洋笙情》，他常常潸然泪下，用凄楚悲凉的乐曲倾诉满腔的哀怨，慰藉天堂的爱人。

在刘耀武告病假的这几天，老刘海照例还是每天到福生源喝茶，以前喝茶他是为了自己享受，而现在喝茶，他主要是为了给儿子买两盘烧卖带回家，给他补补营养。在刘耀武告假的第三天，老刘海正在福生源心不在焉地喝着茶，突然听到堂倌很客气地迎接一位有身份的客人，听他毕恭毕敬地喊着："王掌柜，稀客，里边请！"看堂倌低头哈腰，迎请王掌柜到里面雅间就餐，王广和走到老刘海面前，像哥伦布发现新大陆似的，大声道："哎呀，这不是刘掌柜吗？多日不见，来，来，快来一起用餐，兄弟做东！"常待他很一般的堂倌这时也客气起来了，嘴里说着"有请，有请"。老刘海站起身来拱手道："王掌柜，幸会幸会，别来无恙，既然王掌柜抬举，那我就不客套了，让你破费了。"两人就一起进入了雅间。

在刘耀武这次生病以后，老刘海早就急着想和王掌柜见面，商量商量怎样缓解儿子的悲伤，以及如何增进两个孩子的感情，此时意外相见真是让他大喜过望。而王广和却并不是偶然碰见老刘海，而是摸准了他喝茶的时间，踩着点来见他的。两人自然而然谈到了白二小姐的离世，谈到了怎样缓解刘耀武由此而发的伤痛，顺理成章地制定了刘耀武和王玉莲增进感情的计划，两个人的想法出奇地一致，谈得又非常投机，不一会儿他们就红光满面、胸有成竹、喜笑颜开地离开了福生源。

刘耀武告病假的第四天一早，他就应唤来到了马局长办公室。

一见面，马局长就问："耀武，怎么样？缓过来了吧？"刘耀武说："好点了，还有点头疼，感冒还没完全好。"马局长笑着说："别不好意思啦，年轻人，现在局里上下都知道你的情况了。大丈夫要拿得起，放得下。你是文化人，不是有这样一个古训嘛，'风来疏竹，风过竹不留声；雁度寒潭，雁去而潭不留影。故君子事来心始现，事去而心随空'。过去的就让他过去吧，人死了是不会复活的，活着的人还要继续好好地生活。不要太难过，现在局里很忙，人手不够，况且现在已有风言风语，说我对你太纵容，这样的事还准假。咱们不要给人家留话柄，你赶快上班吧，和局里人多说说话，对你的情绪有好处，工作一忙你就什么都忘了，这样对你更好。"刘耀武听局长说得这么中肯，自己再不好意思给局长找麻烦了，当天就上了班。正如马局长说得那样，他上班工作紧张，也就没时间想别的事了，再和同事们说说话，注意力分散了，凄楚悲痛的情绪确实缓和了许多。

十七

　　一个礼拜天的早上，刘耀武应邀来到了王广和家。寒暄几句后，

王广和就说："现在生意不好做，挣钱越来越难，家里边的开销也

要适当节俭一些。我现在想要整理整理一年来的账目，看看哪些项

目的开支可以压缩一下。这个工作想请你利用礼拜天，帮我搞一搞，

不知道你有没有时间。"刘耀武说："王叔的事儿，我当然义不容辞，

就是我从来没干过账房的事，恐怕达不到王叔的要求。"

　　王广和说："这个很简单，就是整理流水账，你的珠算怎么样？"

"还可以，会四七归。"

"那就很好了，学会四七归，走遍天下不吃亏嘛！不过用不着那么深，会小九九就行，只是简单的加法。"

刘耀武说："那我就试试看，尽量按王叔的要求做。"

王广和高兴地说："好，那就这样办。让玉莲帮助你，顺便让她也学点珠算。"

"醉翁之意不在酒"，其实这最后的一句话才是这次谈话的核心。王家根本不在乎家里的这点开支，而且家里的开支账目记载得也并不齐全，根本没办法搞清楚。之所以要这样做，只是为了增加刘耀武和玉莲接触的机会，培养两人的感情，并以此来化解刘耀武因失去白桂荷而引起的极度悲伤，填补他感情上的空缺。这是双方家长共同商量决定的。对此，玉莲也心知肚明，只是刘耀武一个人被蒙在鼓里，他一心一意地想把人家根本不当回事儿的事儿，认认真真地做好。他向王叔提出要带一册账本回家好好看看，思考思考，再计划计划，下礼拜天开始工作。王叔一面说着好，一面在心里很认可他的做事风格。玉莲在旁边心里偷乐着："好像一个憨蛋！"

第二个礼拜天，刘耀武一早就来到王家，他带来了设计好的六类账本，分别为米面油类、肉菜调料类、柴炭电费类、衣帽鞋袜类、书报文具类，还有其他类。每一类都有相同的格式，包括时间、物品、名称、单价、数量、金额等。他让王玉莲拿着以前的流水账一条一条地念，他按自己设计的分类，把它们分别记到相应的账本上，她念一条，他写一条。因为这账本最终是要给王叔看的，所以他写得非常认真。而玉莲知道父亲的意思，本来也没把这件事看得那么重要，所以她看他的脸，看他的一举一动，比看账本更加认真。有好几次，她呆呆地看着他，忘记了念账本上的内容，在他的提醒下，才红着脸让视线回到账本上，但有时还是心猿意马，把念过的条款又重复一遍。刘耀武听出了其中的问题，就想了一个办法，让她每念一条就用红笔做一个记号。这样，他们顺利地干到吃午饭的时间，把整一本流水账的内容全部分门别类地誊写在刘耀武设计的新账本上。王广和看了看表说："收工，休息，吃饭，今天成绩不错，下礼拜再分类核算。今天耀武光临，多加一道菜，我和耀武喝一杯。"

　　刘耀武说："王叔，实在对不起，今天我出门时，老爹说要买羊肝，让我回家一起喝一杯，实在对不起！"他谢绝了王家的盛情挽留。

午饭以后，王广和迫不及待地打开了新的账本，前前后后、一页一页地翻看，一边看一边啧啧称赞："账本设计得清晰合理，不论想查看哪一天、哪一种开销，都能轻而易举、明明白白地查到。这小子真有两下子，人才！人才！"他又看刘耀武的笔迹，仍是毫不吝啬地夸奖："看这蝇头小楷，结构清秀，笔势流畅自然，而且浓淡疏密交错，简直是一件艺术作品。"说着，他又转过头看着玉莲："爹的眼光不错吧！"玉莲虽然不善书法，但她在父亲身边耳濡目染，对书法也有一定鉴赏能力，觉得这笔迹工整又漂亮。她又想到刘耀武不但有这方面的才能，还会现代的科学技术，不由得心里暖洋洋、喜滋滋的。她为一上午跟他促膝并肩而感到开心，又为要和他分别七个昼夜而感到怅惘。此后的七天，她悄悄地翻着月份牌，终于慢慢熬过来了。

终于到了这一天，玉莲和刘耀武隔着八仙桌面对面地坐着，刘耀武噼里啪啦打着算盘，核算每一项的开支总数，玉莲在一边看着。由于没有什么任务，她就全神贯注地看着刘耀武。她看着他梳得整整齐齐的分头发型，看着他白皙而有光泽的面庞，看着他浓黑健美的双眉，以及眉梢藏着的那颗痣，看着他瞳如墨点、炯炯有神的双眸，看着他微微一笑就露出的酒窝。"好俊秀的一个人啊！"她心里暗暗夸奖。她又看到他刚刚拱出皮肤、若隐若现的胡茬儿，目光顺移到他脖子前面的喉结。在她看来，这是一个完美的男子，充满了英姿勃发的朝气，并且情不自禁地憧憬他们之间美好的爱情，她感到全身潮热，心悸难平，心中生发出别样的期待，恨不得立马钻入他的怀中。刘耀武听见她急促而且强烈的呼吸声，又看到她两颊绯红，一双眼睛含情脉脉又充满爱的激情，他被撩拨得燃起了爱的火种，一股热浪涌上胸口又涌向全身，心跳也在加快，看向她的眼神也饱含激情与爱意，那爱的火苗大有燎原之势。然而，在一刹那，他仿佛看到了白桂荷，她形销骨立、面容憔悴、泪水滂沱，正撕心裂肺地呼唤着他的名字。他那激情的闸门立刻被死死地关紧，丝毫不松动，一场干柴遇火的激情对垒霎时间变成了"剃头挑子—— 一头热"，继而偃旗息鼓，烟消云散。

刘耀武把账目核算情况交给王广和。王广和翻着账本仔细看了一遍，又拿过算盘拣主要的项目，亲自核算了一遍，分毫不差，于是赞不绝口："干得漂亮，超过了我的想象。中午我也不留你了，留也留不住，你爹也挺孤单、挺可怜的，回去陪他吧。咱们爷儿俩想喝，以后有的是时间，有的是机会。"说完，他又从兜里掏出两张电影票："这是中山堂的朋友送来的两张下礼拜天的电影票，片子是《乌鸦与麻雀》，其中有亚洲第一老太婆吴茵的表演，你们年轻人去看吧。"因为第一轮上映的电影票很不好买，机会难得，刘耀武高高兴兴地接过电影票，告别了王广和夫妇。王广和让玉莲把他送到了大门口。

刘耀武回到家里，老刘海忙把做好的饭菜端上桌，爷儿俩面对面吃着，老刘海用狡黠的眼光看着他，问道："怎么样，干得不错吧？王家对你不赖吧？"一句话提醒了刘耀武，他把这两次去王家对账的事儿从头至尾整理了一遍。他想到了玉莲的反应和举动，能够感觉到她对自己是有感情的，甚至可以说是爱意。他又想到了王广和，不仅前前后后多次帮助自己，还不厌其烦地在书法方面给予自己肯定和点拨。这次，王广和又安排玉莲——一个没出闺门的姑娘和自己一起对账，与其说是一起工作，不如说是陪伴自己，继而又让两人一起看电影，让她送自己出门，刘耀武从中看出王广和也是喜欢自己的，王夫人的态度就更不用说了。王家门风忠厚，玉莲漂亮贤淑，刘耀武觉得自己如果能高攀上这门亲事，那简直是烧了高香，老爹也会特别高兴。一切皆大欢喜，何乐而不为呢？理智地讲，他应该这样做。但是感情上，刘耀武绝对办不到：桂荷离世不久，尸骨未寒，如果这时另寻新欢，不但要遭到在天堂的桂荷的唾骂，遭到知情人的唾骂，也会受自己良心的谴责。他甚至觉得今天在王家的一时失态，也是对不起桂荷的忘情之举。该怎么办呢？难啊！这时他想起了仓央嘉措的诗句："曾虑多情损梵行，入山又恐别倾城。世间安得双全法，不负如来不负卿。"他对此有了刻骨铭心的感受。好不容易熬到晚上，他又悄悄地跑到谢家菜园的大榆树下，伴着泪水吹了一曲《洋笙情》。

十八

　　十一月初的一天，天色灰蒙蒙的，杨柳树叶子已经落光，西北

风呼呼地叫嚣着，席卷着苍茫大地上的残枝败叶。小河的水面已经

结上了薄薄的冰。据说，这才是山羊、绵羊长膘的好时节，马上就

要进入屠宰的旺季。各种野生动物也该吃得膘肥体壮，猎人们要进

入捕猎的季节了。

　　在沙尔沁北面的大青山深处的山坳里，一个猎户的家中，热气

腾腾，酒香扑鼻。老刘海正坐在当头正面，和他的猎户朋友猜拳行令，

推杯换盏，喝得面红耳赤。他们一边喝酒一边商量着今年的狐狸皮、猞猁皮、野狸子皮的价格。酒足饭饱后生意也基本商定，老刘海就告别了朋友，独自往沙尔沁方向走去。

走在一处前不着村、后不着店的地方，突然有两个年轻人一前一后地把他夹在了中间。这两人都穿着黑色的棉衣，头上罩着白羊肚子手巾，手里都握着乌光锃亮的自来得（手枪）。老刘海哪见过这阵势，吓得尿了一裤子，哆哆嗦嗦地说："兄弟，别误会！我是好人。"

"我们请的就是好人。"

"你们是哪部分的，请我干什么？"

"我们是独立队。我们司令请你上山坐坐。"然后这两人不由分说就带着他往山里走。

老刘海心里完全清楚了，自己遇上土匪了，被请"财神"了。

这天的晚上老刘海没有回来，刘耀武并没有在意，因为往年也有这种情况。老刘海在朋友家多喝了几杯，朋友留宿一晚，第二天中午回来也是常有的事。可是第二天的晚上老刘海还没有回来，他就有点着急了，这是从来没有过的。老刘海毕竟年纪大了，身体一年不如一年，路上有个磕磕碰碰，出点意外，那可怎么办？可是刘耀武也没有别的办法，老刘海的朋友姓甚名谁、住在哪里他都不知道，也没地方去找寻，只有焦急地在家等待。他一会儿到大门外看一次，一会儿出去看一次，可就是不见老刘海的影子。到了晚上整十二点，电灯灭了（那时北源人照明用电，都来自北源电灯公司。该公司不是全天供电，夏秋季从晚上七点到十二点向居民供电，冬春季从晚上六点到十一点向居民供电），老刘海还是没有回来。他只能继续等，没有丝毫睡意。

到了后半夜三四点钟的时候，他好像听到外面有动静，以为是爹回来了，赶快开门去看，但是一个人也没有。他再也没有睡意，就干脆起来，点上洋蜡，坐着等。借着洋蜡微弱的光，他忽然看到靠门口的地上有一张纸。他赶快拿起来展开，在洋蜡的光下一看，上面写着："人在我们山上，五天之内准备二百块大洋，等通知交钱赎人，不要报警局，否则后果自负。"看到这些话，他的脑袋"嗡"的一声就变成了一片空白，两腿一软，瘫坐在椅子上。过了一会儿，他努力平复好自己的情绪，可仍像是热锅上的蚂蚁，好多问题在脑子里打转："这字条是不是真的？如果是真的，土匪会不会伤害老爹？老爹在土匪窝里会不会吃苦受罪？怎么才能把老爹救出来？二百块大洋又去哪儿凑？"他的脑袋简直乱成一锅粥。经过一番折腾，他忽然想起了一个人，就是院邻张诚张叔。此人足智多谋，人称"小诸葛"，又热心助人，是大院里众人的主心骨。更巧的是，他也被土匪请过"财神"，知道这里边的门道。勉强挨到六点，他叫开了邻居张叔家的门。

他哭声挠哇（北源方言即表情带有哭相、声音带哭腔），上气不接下气，向张叔叙说了事情的经过，又给张叔看了那张字条。

张叔说："老虎，不要着急，土匪和咱们又没仇没怨，他们只是要钱，不要命。只要你答应给钱，他们就不会打骂你爹，你爹在里面也不会受什么罪。现在最要紧的是，你赶快给他们凑钱，不给钱他们是不会放人的。"

刘耀武又问："张叔，咱们报到警察局行不？"张叔说："恐怕不行。他们人多势众，警察根本惹不起他们。报到警察局只能白花钱，还会惹怒他们。"

"那我去哪儿凑那么多钱？我只能把房典出去，或者把库存的一些细皮卖出去了。"

"找不着也得找！可是这两条都不行，你把房子典出去，你睡大马路吗？肯定不行！卖细皮你又不懂价格，马马虎虎卖出去，那就亏大了，也不行！"张叔又说："咱们院内三十多户人家，有能力帮忙的恐怕只有少数。这你不用管，我来帮你一户一户磕头跪门，求求大家，有多帮多，有少帮少。就你爹的为人，大家会帮忙的。你再找找同学、亲戚、同事。"

经过四天的奔波筹钱，成果还算可以——向邻居们借到五十块，其中张叔个人拿出了十块，向同学借到二十块，向亲戚借到二十块，向同事借到二十四块，自己家凑了二十大洋，总共一百三十四块大洋，还差六十六块大洋没有着落。已经到了赎人的最后关口，如果到时候凑不够钱，土匪不一定又要玩什么花招，老爹还要受多少苦难。可是该借的地方都借到了，该求的人也都求到了，刘耀武实在没有什么办法了。他想来想去，只有一条路，只求一个人，可以借到这么多钱，那就是王广和。可是刘耀武实在不愿意走这条路，实在不愿意再求王广和。人家帮了自己天大的忙，自己却没有分文的感谢，还好意思再求人家吗？另外，他脑子里还有一条说不清楚的理由，使他不乐意再去求王家。正在他左右为难的时候，王广和差人来到他家，说请他过去有事商量。刘耀武想：现在是老爹生死攸关的时刻，王叔就是有天大的事儿，也得往后推推了。另外，现在自己走投无路，只能借这个机会向王叔开口了。现在救爹第一，别的什么也顾不得了。

刘耀武来到王家的时候，王广和夫妇和玉莲都在客厅等着他。他们的脸色很凝重，还带着几分惊恐，尤其是玉莲更是焦虑不安，似乎眼中还含着泪水。他心想：难道王家也出事了吗？王叔示意他坐下，然后声音很低但很郑重地问他："家里出事了吗？"

刘耀武也低落地回答："是的，我爹被请'财神'了。王叔是怎么知道的？"

"多亏长生昨天来告诉我的。这么大的事你也不来报个信，商量商量办法。我等你一天了，你也不来。"

刘耀武连忙说："半夜接到土匪的通知，我吓蒙了，不知道该怎么办。天不亮就去找院邻张叔请教，我们院里的人，不管大事、小事都要找他商量。而且他也被土匪请过'财神'，知道其中的套路。然后我就按他的安排四处借钱凑赎金。"

"你怎么舍近求远呢？当时来家说一声不就得了吗？还用得着你四处奔走。怎么样？钱凑够了吗？"

他嗫嚅着说："还差六十六块大洋。"

王广和说："不要麻烦别家了，两百块大洋，你全从家里拿上，把借别人家的钱都还清。大家也不容易，也等着钱用。"

"不，王叔，这些钱都不需要急着还，等我爹回来卖了皮袄再还也行。我就借您六十六块吧！但恐怕暂时还不上。"

"这孩子说话太见外了！谁还能逼你还钱？这样吧，你先拿上八十块吧，除了交赎金，说不定还有别的花销。如果这些钱不够，你可以随时回来拿。就这样吧，你赶快拿着钱回去等消息吧，救人要紧。"

王广和说得那么肯定，不容商量，刘耀武只好照办了。

十九

正如张诚所说的那样，土匪只要钱不要命。在一手收到赎金后，
一手就把人放了。但是老刘海在土匪手里受的苦难，绝不像他说的
那样轻松，他是为了安慰刘耀武才隐瞒了实情。其实老刘海在土匪
窝里经受了难以忍受的煎熬，先是频繁地换营盘，土匪为了安全，
常常从一个鸟不拉屎的地方转移到另一个荒无人烟的地方，中间的
路途除了羊肠小道，就是只有山羊才能攀爬的悬崖峭壁。

老刘海年龄大了，腿脚又不好，每天要在土匪的喝骂下，战战

兢兢地在其间疲于奔命，累得精疲力竭。更难熬的是每天晚上要看行刑，就是把没有按期交赎金的人和不肯透露家庭情况的顽固者，脱掉上衣，绑在柱子上，用蘸水麻绳狠狠抽打。每抽一下就留下一道血印，随之就是一声凄惨的号叫，老刘海的心便随着抽搐一次。经过这样几天的折腾，老刘海的精神完全被摧垮了。另外，一日两餐的酸粥就咸菜不但吃坏了他的胃，还使他的身体迅速消瘦下来，以至于刘耀武第一眼看到他的时候简直不敢认。

老刘海回到家中大病不起，全身无力，食欲不振，更严重的是一直处于惊恐的状态中：听到一点响动，看到一个陌生人，他便说土匪来了，吓得瑟瑟发抖；晚上也是合不上眼，勉强睡着，便在梦魇中听到凄惨的号叫，看到血腥的场面，惊醒后便心惊肉跳，气喘不止。请了几位中医，吃了许多汤药，也不见好转，所以老刘海自认为上天留给自己的时间不多了，可自己的一件心事还没有了结。

这天，他强打着精神和儿子说："老虎，咱们家三代独门单传，现在你二十多岁了还没有成家，爹对不起祖宗，对不起你妈呀。眼看着爹的时间不多了，趁我还有一口气，咱们把这件事办了吧。你也答应过爹，说只要白家不同意你和二姑娘的婚事，就按爹说的办。现在白家二姑娘已经不在了，你该听爹的了吧。"

"爹，我是说过这句话，现在也不反悔，但是现在桂荷刚刚离去，尸骨未寒，我就结婚成家，未免太薄情了，我于心不忍。"他流着泪继续说，"我请求爹爹再宽限一段时间，咱们缓一缓再办。"老刘海喘着粗气说："缓一缓，怎么缓？王家姑娘已经快二十岁了，上门说媒提亲的都挤破了头，其中比你样貌好的有的是，比你有钱的多得很。难道人家就在你这一棵树上吊死吗？缓一缓，我还能缓多长时间？你看我都成什么样了？阎王爷能让我再缓一缓吗？"说着他一口气背了过去，脸色由苍白变得铁青。这一下可把刘耀武吓坏了，他赶快到隔壁把蒋公老汉请了过来。蒋公老汉信奉道教，懂点医学，尤其擅长针灸，他看了老刘海的情况，让赶快打开门窗，使空气流通，又在老刘海身上扎了五六根银针，说道："你爹这是受了惊吓，魂魄出窍，要慢慢调养恢复，千万不能再受刺激。"

过了一会儿，老刘海慢慢地苏醒过来，蒋公老汉收起了银针，并留下了只有几味简单中药的药方就告别了刘家。看到蒋公老汉离去，刚刚恢复过来的老刘海有气无力地接着说："缓一缓，阎王爷不让啊。"他老泪纵横、气喘不止，眼看着又要晕过去，刘耀武再也不敢坚持了，就一边揉搓着爹的胸口，一边说："爹，不要说了，我照你说的办就是了。你不要再说了。"

老爹听了这句话，似乎得到了安慰，他热泪滚滚，说："我也可怜二姑娘啊，也可怜白家的人啊。"

这天晚上刘耀武又是彻夜难眠，他怕老刘海再次发作，没人发现，再发生什么意外，于是不敢入睡，一会儿点燃蜡烛看看老刘海的脸色，一会儿把耳朵凑过来听一听呼吸是不是平稳。没想到一晚上老刘海都睡得安稳，第二天精神也好了许多，又按蒋公老汉的处方抓了几服药按时服用，老爹的病竟然有起色了，几天后竟然下地踱步了。父子俩认认真真研究了向王家提亲的事儿，刘耀武又提出没钱办喜事的问题，想以此拖延时间。老爹却说："这不用你操心，我自有办法。"

他让刘耀武到凉房的地窖里取出一个陶罐，从里边取出整整

五十块大洋，这是他一年一年辛辛苦苦攒下的，是准备给儿子办喜

事用的专款，就连遭到土匪绑架也没有动这里面的一分钱。其实，刘、

王两家的亲事早已水到渠成，只是缺形式上的一个过程。刘家的媒

人到王家说了简单的几句话，就把事情敲定了。王家不要分文的彩礼，

而且答应如果刘家有什么困难，王家会尽力帮助。考虑到老刘海的

身体情况（其实主要考虑照顾刘耀武的情绪），把婚礼往后推了一些，

日子定在农历腊月十八。

二十

在天江，白桂荷在医院住了三个月，万幸保住了性命，逐渐从昏迷中苏醒过来。医生看她已经没有再住院的必要，而且认为她目前已经没有了传染的可能性，就建议她出院回家疗养，说在亲情的感召下，再加强营养，多呼吸新鲜空气，病情会逐渐好转。

出院时，白桂荷瘦骨嶙峋，脸色苍白，头发稀疏且没有光泽，颧骨高高凸起，两颊深深凹陷，两只混浊的眼睛大得出奇。她身体极度虚弱，下地走路都迈不开腿，最糟糕的是，她失去记忆了，她认不得任何人，也不记得任何事。即使这样，姑姑和姐姐也觉得非常高兴，她们感谢造物者，让她捡回了一条命。她们遵照医生的话，每天天刚亮就架着白桂荷一步步慢慢地挪到房后的小树林，让她呼吸一会儿新鲜空气，然后再一步步把她架回来。姑姑给白桂荷梳洗打扮，姐姐就到市场买鱼、买肉、买菜，回家给白桂荷做成精致可口的饭菜，给她增加营养。两人还轮番跟白桂荷说话，给她讲故事、讲笑话，用亲情感召她、鼓舞她、呼唤她。尽管白桂荷没有任何反应，她们也乐此不疲。所以姑侄二人一天天忙得不可开交。白桂梅竟把北源的烟鬼丈夫最要紧的事儿给忘记了。

从借到五块大洋算起，又一个多月过去了，王永富把借来的五块大洋也快花光了。不时发作的烟瘾迫使他必须赶快再想办法借钱。王永富没有别的办法，只好再去找张文胜。他来到张家的豪华大门外，站在那里发怵，不敢去叩响门环，因为借的五块大洋还没有还，他真的磨不开脸面再跟人家开口。转悠了好半天，他还是壮着胆子叩响了门环，来开门的下人看着是他，想把大门重新关上，把他拒之门外，无奈，他的一只脚已经迈进了门槛。他点头哈腰，请人家把他带到张文胜的面前。张文胜看到是他，就调侃道："哦，王少爷，白家大姑爷，好久不见，想必是来还钱的吧。"

他低声下气地说："张公子开玩笑了，我算什么少爷，借您的钱恐怕还得宽容几天。我今天来是想跟你再借几块，等白桂梅回来一起还清，决不拖欠。"

"白桂梅怎么还没回来呀？送葬能用这么长时间？恐怕是跟人跑了吧，你戴绿帽子、当龟了吧！哈哈！"

王永富红着脸谄笑着说："您开玩笑了，开玩笑了，您就再借我几块吧，等她回来决不拖欠。"

张文胜说："是你在开玩笑吧，我这里又不是银行，没给你准备那么多钱。我还告诉你，今天是腊月初二，过年以前那钱一定得还回来，不然的话我决不留情。没事儿赶快滚吧！"说完张文胜拂袖而去，王永富落了个自讨没趣，只好灰溜溜地离开了张家。

王永富思来想去，发现自己再没有一个可以借到钱的地方，再没有一个可以求的人。他忽然感觉有几百只蚂蚁在自己的骨头里爬来爬去，那几百张嘴就要吞噬他的骨髓，他不禁打了一个寒战。没办法，他只有去求老丈人。说实话，他只要有半分奈何，绝对不想看见老丈人那张脸。

北源人的风俗讲究女婿是上宾，一定要上待。可是王永富在白子厚的眼中，连个下人都不如，因为他是个好吃懒做的大烟鬼，连起码的人格都没有。白子厚一想起把姑娘嫁给他，肠子都悔青了，根本瞧不起他。特别是前一阵，白子厚听到他咒二姑娘病死的传言，更觉得他可恨。

王永富灰头土脸地来到跟前，嗫嚅地叫了一声"爸"。白子厚连看都没看他一眼，说："又揭不开锅了吧？你年轻轻的，干点什么养活不了那张嘴，那张损阴丧德的嘴？"他示意下人到伙房给王永富拿点莜面，打发他走人，钱一分都没有。王永富心想：好绝情呀，老东西！但他知道白子厚说一不二的脾气，再纠缠也没用，就悻悻地离开了老丈人家。

王永富回到家里越想越气，他觉得老丈人一点情面都不讲，连外人都不如。他摸一摸兜里的钱，已所剩无几，撑不了两天了，再看看家里面已经被他卖得家徒四壁，没有什么东西可卖了。他想到那几百只吞噬他骨髓的蚂蚁马上就要卷土重来，不禁心惊肉跳。

他觉得不管用什么办法，自己一定得尽快找到钱，尽快！怎么办？

怎么办？他突然心一横、脚一跺，说："老东西，既然你不仁，就

别怪我不义。"他打上了老丈人家的钱柜的主意。可是这个想法马

上又被他否定了：哪能偷拿自己家人的钱呢？自己好歹还是有钱、

有地位的人家出身，怎么能干这种事呢？可是，他很快又把这种想

法推翻了：现实如此残酷，不这样做，自己又有什么办法呢，而且

拿自己家的钱能算偷吗？谁让他老丈人不痛痛快快地把钱拿给自己

呢？他找到一个名叫李义的朋友，此人以偷窃为生，也是一个瘾君

子，轻功非常了得，翻墙越户如履平地，开门撬锁易如反掌。这几天，

李义也正为缺钱花而发愁。王永富说明来意后，两人一拍即合，他

跟李义详细说了白家大院的布局，哪儿是账房，哪儿是下夜人的住所，

说得清清楚楚。

　　当天晚上，月黑风高、夜深人静时，他们来到了白家大院的墙

外。王永富看到一丈来高的院墙有点扫兴，想打退堂鼓，李义却说

自己有办法。他让王永富面向墙，蹲在墙根，他从三米外起跑，到

跟前轻轻地踩了一下王永富的肩膀，使劲一跃，双手就钩住了墙，两只脚在墙上三蹬两蹬就骑到墙上。李义伏在墙上一动不动，仔细听了一会儿，没有什么动静，就轻轻地跳进了院中，一点声音都没有。他先走到大门跟前，把大门的门闩打开，给自己留下逃跑的出路。他按照王永富给他的方位，迅速找到了账房的位置，三两下就撬开了门，悄悄地潜入账房，这一切都是悄无声息的，没有惊动任何人。他摸到了钱柜，掏出螺丝刀和小榔头就开始撬钱柜，这难免发出了金属的摩擦声。

白子厚的卧房紧紧挨着账房，他年纪大了，睡眠很浅，一下子就被这种声音惊醒了。他赶快穿上衣裳，趿拉上鞋，出门来到账房窗前，仔细一听确实是有人在撬钱柜。他就大声呼叫："老王、二狗，赶快出来，有贼来啦！"老王和二狗两人本来就负责下夜，所以既没脱衣服，更没有睡觉，只是因为天气太冷，在屋里烤火，听到喊声马上就来到院中抓贼。李义在里面听到外边的喊声，知道大事不好，赶快丢下工具，推开门就跑，正好和白子厚撞了个满怀。白子厚年老体衰，哪能吃得住他这一撞，立刻就被撞得四仰八叉，躺在地上，后脑勺狠狠地磕在了地面上。李义要从大门逃跑，被老王和二狗打翻在地，马上有人拿来绳子把他绑了个结实。霎时间，家里下人都起来了，白太太也起来了，众人赶快去看白子厚，发现他已经昏迷不醒，而且头上磕了一道口子，鲜血正在往外流。众人都吓坏了，赶紧套车的套车，抬人的抬人，把白子厚抬到车上，快马加鞭地送到了医院。老王和二狗押着李义到了警察局，把他交给了警察。王永富听到院内人声嘈杂，知道出了差错，赶快逃之夭夭。

王永富上气不接下气地跑回家中，心跳加快，非常害怕，在恐惧和羞愧中，勉强熬过了一夜。第二天一早，他就跑到白家大院附近探听风声，听到人们都在议论白家的事：有的说贼被抓住了，送到了警察局；有的说白家掌柜被贼打伤了，有生命危险；有的说小偷盗窃又伤人，肯定要被判重刑，相关人员都跑不掉。王永富做贼心虚，好像人们说的就是他，好像人们的眼睛也都盯着他。他不敢久留，赶快回到家中。他想：警察肯定会严刑拷打李义，李义肯定撑不住要供出自己，老丈人又是重伤，生死不明，自己肯定也会被判重刑；如果被打入监牢，不但要受狱警的蹂躏，最难受的是要忍受烟瘾发作的煎熬。想到这里，他不由得感到绝望：这张脸又往哪儿搁？自己还怎么见亲戚朋友，怎么见白家的人，怎么见白桂梅？

想来想去，他觉得实在没有活头，还不如死了一了百了。他想：死也要死个痛快、死得舒服。于是王永富就把家里所有的莜面、糜子米和好一点的衣裳都拿出去，换成了大烟，将换来的大烟一口气都吞了下去，然后躺在炕上，不一会儿就结束了他那年轻的生命。

二十一

腊月初四，白子倩接到了嫂子的电报，电报说："兄病，速回北源。"她心急如焚，急忙和侄女白桂梅手忙脚乱地做回北源的准备。可是，白桂荷怎么办？她出院不久，虽然身体有了很大的好转，可以自己走动了，但是还很虚弱，骨瘦如柴，恐怕经不起这五百多千米的路途颠簸。如果把白桂荷留在天江，更不合适，她生活不能自理，又没人照顾她；最要紧的是，如果哥哥的病有个三长两短，也应该让她跟父亲再见一面。白子倩征求了白桂梅的意见，她也是这个想法。于是，姑侄三个人第二天一早就踏上了回北源的路程。奇怪的是，出门时，白桂荷走到门口便停住了脚步，眼睛瞅着屋里墙上挂着的装着一支洋笙的小学生书包。姐姐赶快从墙上取下书包，挎在她肩膀上，她才和大家一起出了家门。

腊月初七晚上，火车终于到达了终点站北源车站，姑侄三人尽管做了最完善的防寒准备，穿上了最厚实的棉衣，一下车还是被冻得直打寒战。西北风在呼啸，被卷起的晶莹剔透的雪霰，漫天飞舞，直往人脖子里钻。地上覆盖着厚厚的雪，地面像镜子般光滑。接站的人都穿着白茬子皮袄，戴着狗皮帽子，有的人脚上还穿着毡毛靴，这样一对比，她们三人的穿着打扮显然有点不合群。出了检票口来到站前小广场，电灯的光亮显得有点力不从心，灰蒙蒙的一片，但白桂梅一眼就看见来接站的夜偭老王，她还在人群里继续寻找，寻找她那不争气的丈夫，但是她失望了。白桂梅小心翼翼地搀扶着小脚的姑姑，领着妹妹，跟着老王来到了自家的轿车子跟前，把姑姑扶上了车，让她坐到最里面。白桂梅转过身要扶妹妹上车时，发现她在四处张望，似乎在寻找着什么，若有所思，随即把她拉到车辕旁，连推带扶地把她送到车上，自己最后上车。车启动了，可是白桂荷还在探头张望。白桂荷是不是在找寻着什么？是不是想起了什么？难道她的记忆开始恢复了吗？

轿车子走到大院门口停下来，姐妹俩先后从车上跳下来，又搀扶着姑姑下了车，颤颤巍巍地进到院里。院内灯火通明，白太太和家里下人早在院里迎候。姑嫂已经多年未曾见面，久别重逢，格外亲切激动，相互用颤抖的声音呼唤着对方，拥抱在一起。周围的人不禁潸然泪下，谁也说不出一句话，大院内顿时一片沉寂。谁也没料到，白桂荷突然上前抱住生母和养母，叫了一声"妈！"。她这一举动、这一声呼喊震惊了所有人：她恢复记忆了！大家都破涕为笑，妈妈和姑姑把她紧紧抱住，白桂梅也上前和她们抱在一起，高兴得流出了眼泪，似乎都忘记了寒冷。

这时，老妈子胡妈走过来说："太太别在外边冻着了，请赶快进屋用饭吧，姑太太她们一路辛苦，早就又冷又累又饿啦。"白太太恍然大悟，忙说："快进屋吧，进屋吃饭。"于是姑嫂俩牵着手进了堂屋内。

白家四人围着八仙桌坐在一起，桌上早已沏好了一壶红茶，放好了茶盅，白桂荷起来给大家斟上。白子倩喝了一盅，就急切地问："嫂嫂，我哥怎么不舒服了？他现在人在哪里？我想去看看他。"

白太太叹了一口气说："是后脑勺外伤，现在还不省人事。大夫说，可能性命不要紧，现在医院住院，要等到明天下午三点以后、六点以前，才能去医院看他。"

这时胡妈陆续把热腾腾的饭菜端上桌，大家一边吃饭，白太太一边详详细细地说了家中被盗及白子厚受伤的经过，只是盗贼的主谋是谁还没有线索。既然现在不能去医院，大家就都不着急了，一路上太累了，吃完饭简单地洗漱一下就休息了。

第二天，大家都起得比较晚，刚梳洗完毕，下人就通报白太太说："有亲戚求见。"白太太赶紧从卧房出来，到堂屋接待客人。来者自报姓王，是王永富的叔伯弟弟，来探问白桂梅什么时候回来，并向白家通报王永富死亡的消息。白桂梅听见有人在找她，赶快穿上衣服从卧房出来，一看是王永富的叔伯弟弟，便寒暄了几句，然后才进入正题。来人说王永富三天前已经去世了，是串门的邻居发现后报告了警察，然后警察通知他们的。警察说是服大烟过量致死的，可能是自杀，又要求家属把他的尸体赶快埋葬。王家人昨天已经花三块大洋买了一口棺材，把他安葬了，今天来是通知白家并结算棺材钱的，没想到来得巧，正赶上白桂梅回来了。白桂梅悲痛不已，心情跌到谷底，问为什么会自杀，他这种人没皮没脸根本不可能自杀。来人说自己也是听警察说的，不了解详细情况。白太太马上喊白桂荷把姐姐扶回卧房，又让账房拿五块大洋交给来人。来人说棺材钱三块，用不了五块。白太太说："你们辛苦了，兄弟们喝杯茶、抽根烟吧。"

来人高高兴兴地拿着五块钱走了，临走还留下话，如果白桂梅有什么事儿需要帮忙尽管开口，他们会尽力帮助。

原来，白桂梅和妈妈、姑姑商量好，要在看过爸爸以后，带上几块钱，回家看看王永富，给他留点钱，安顿好家里的生活，然后再回来帮母亲照顾姑姑和妹妹。可是现在王永富死了，白桂梅就没必要再回那个家了，她也不想再看到那个家。但是想起王永富，毕竟夫妻一场，活生生的一个人就这样走了，连最后一面都没看着，又想到他还对自己有几分温情，以及他临死时所受的痛苦和煎熬，白桂梅免不了心里酸楚悲伤，潸然泪下。

母亲劝慰她说："闺女别哭了，再哭，死了的人也不会再回来。再说了，你跟着他还不够累，还不够窝囊，还不够丢脸，还不够煎熬？！现在他走了，你解脱了，你不看看，大烟把他折磨成什么样了，人不像人、鬼不像鬼的，现在他也解脱了。听妈的话别哭了，别哭坏了身子，以后的路还长得很，我跟你爸、你姑还指望你们姐妹养老送终呢，别哭了！"

白子倩也说："你妈说得对，别哭坏了身子，以后的路还长着呢。"

白桂荷也说话了，她说："姐，你哭什么？你没有欠他什么，你没有对不起他的地方，是他让你受了不少累，受了不少窝囊气，你跟着他还不够倒霉吗？现在你解脱了。不要哭了！以后再找一个身材高大、健健康康的，疼你爱你、能为你遮风避雨的人，好日子才算开始呢！"这话听起来有点过于直接，有点不中听，可是姐妹俩都知道她说的是实在话。在亲人的再三劝说下，白桂梅慢慢地停止了哭泣。

好不容易熬到了下午三点，白太太领着白子倩和白桂梅、白桂荷来到了白子厚的病房。病房里只有白子厚一个病人，他静静地侧卧在床上，脸色如常，稍稍有点消瘦，他面部很安详。亲人们围在他的身边，看着他的脸，牵着他的手，他仍是那样静静地躺着，无动于衷。机灵的白桂荷从床边拿起一只脸盆，正要出门，脸盆被姐姐夺走了。白桂梅跑到锅炉房，打回来半盆热水，姐妹俩用热毛巾给爸爸擦了脸，擦了身子，又给他洗了脚，让他舒舒服服地躺着。白桂荷掏出洋笙，凑到爸爸耳朵边，轻轻地吹奏起了爸爸平时最爱听的《小放牛》，他常说，听到了《小放牛》，就好像回到了家乡，回到了童年，那么亲切，那么愉悦。她吹得还是那样婉转动听，那样抒情感人，好像爸爸能听懂一样，她一遍又一遍地吹奏，好像要用琴声唤醒爸爸似的。奇迹真的出现了！他那肿胀的眼睑与眼睑间流出了泪珠。看到了这宝贵的泪珠，她们欣喜若狂。她们把这一情况报告了大夫，大夫也非常高兴，信心满满地告诉她们，让他听熟悉的音乐，给他讲熟悉的故事，用亲情来呼唤他，用亲情来感动他，以此辅助大夫的治疗，他是很有可能恢复知觉的。但是医生也让白桂荷她们一定要注意，声音一定要轻，不要影响别的病人。于是，在以后的日子里，白太太、白子倩和两个姑娘轮番到病房照顾他，给他擦洗，给他按摩，给他讲故事，让他听音乐，尤其是桂荷，她不厌其烦地给他吹奏他熟悉也爱听的乐曲。白子厚的身体情况也就慢慢地好转，知觉也在逐步恢复。

腊月十五，昏迷了十多天的白子厚完全清醒了，他的外伤也愈合了。警察得到了医院的病情报告，来到了病房，当时白桂梅姐妹俩也在病房。警察就向他们详详细细说明了案件的前前后后，并让当事人白子厚签字画押，了结了这一案件。从警察的口中，他们知道了此案件主谋正是王永富。他们都非常意外，也非常震惊，那些话要不是出自警察的口，打死他们，他们也不会相信这个事实。当晚，刚刚清醒的白子厚又经历了一个不眠之夜。

这天夜里，白子厚翻来覆去的，怎么也睡不着，只能瞪大眼睛看着窗外的月光，看着摇曳着的树影。最近发生的一些事情，使他不得不苦思冥想。他想到这次事件的根源应该是他自己，本来桂梅已经有相好的人，自己嫌人家穷，嫌门不当、户不对，硬是拆散了好姻缘，让姑娘嫁了王永富，跳进了火坑。他又联想到桂荷，因为自己和刘海有怨，便撒谎称她姑姑病重让孩子提前回到天江，把正在恋爱的两个孩子生生拆散，差一点丢了她的性命，现在虽然保住了一条命，但是看她瘦得皮包骨的模样，太可怜！自己对不起孩子们呀！

此外，白子厚觉得这次灾祸的另一层因素是钱：如果那天那个烟鬼来要钱，给他十块八块不就结了吗？自己还在乎那两个钱吗？就因为这两个钱激怒了他，逼急了他，他才干出来这种勾当，好赖他也是条命啊！再想到自己，辛辛苦苦大半生，劳心劳力地挣下了几个钱，但它买不了命，甚至会惹祸。他苦苦地熬过一夜。到了腊月十六这一天，他让太太和两个姑娘都回家休息，只把妹妹留在病房，神神秘秘地，兄妹俩整整聊了半天，好像是在商量什么大事儿。

第二天，白子厚把两个姑娘都叫到床前，郑重其事地给她们交代了两件事儿：第一件事情，时下兵荒马乱，赋税沉重，票子一天比一天贬值，所以工厂不开了，生意不做了，而且要分家。他说："现有的现钱大概是两千五百大洋，拿出其中的两百大洋遣散工人，大约每人平均可以得到二十大洋，也够可怜的了，他们都拉家带口的，以后的营生也不好找，可是没办法只能这样了。剩下的钱分成四份，我和你妈一份，你姑一份，你们俩各一份。一处院子现在也不好变卖，暂时不分也不卖，你们可以回来住。看看你们有什么意见。"两个姑娘几乎异口同声地说："我不同意。"桂梅说："你和母亲养我二十多年，成家以后还继续养活我们，还有一个烟鬼也要花你们的钱。我有什么资格、有什么脸面分家产？我分文不要。"桂荷也说要靠自己辛勤劳动养活自己，决不要父母的财产。白子厚说："咱们家的人都很有志气，昨天，你姑也说不分家里的财产，那怎么行？这财产里边有你爷爷的血汗，你姑是你爷爷的掌上明珠，理所当然要拿一份。你们看爸爸还能活多久？我过世以后，你们不是照样也要分家产吗？现在只不过早几年分罢了。这个事儿我说了算，现在你们都没成家，桂梅那份暂时由爸爸保管，桂荷那份暂时由姑姑保管，只要你们一出嫁，就如数交给你们。这第二件事儿你们一定高兴，从今以后你们的婚姻完全由自己做主，爸爸妈妈和姑姑决不干涉，你们想征求我们的意见，我们可以谈谈看法，但仅仅是看法而已，最后决定还是你们自己拿主意。"白桂梅听完这话，红着脸低下了头，一声也没吭，但心中的高兴已经写在脸上。白桂荷抬起头大大方方地说："感谢爸爸妈妈和姑姑，本来嘛，自己的事就应该自己拿主意，婚姻自由嘛！"

看着两个女儿高兴的样子，白子厚也好像卸下了千斤重担，显得轻松愉快。

二十二

　　姐妹俩高高兴兴地走出了医院，没走几步就看见了韩汝福拉着个小平车，从医院门前经过。白桂梅看到了却视而不见，但是韩汝福响亮地叫了她的名字。白桂梅只好停住了脚步，红着脸和韩汝福说话。白桂荷认出了韩汝福，知道他们的关系，很识相地远离他们，继续往前走了一段，才停下来等姐姐。

　　韩汝福嗔怪道："桂梅，你怎么躲着我？"

　　白桂梅说："没有呀，我没看见你。"

韩汝福问她："你到医院看你爸了吧，他恢复得好吗？"

她说："好多了。哎，你怎么知道我爸住院了？"

韩汝福说："你家最近发生的事情，同学们都知道了，我咋能不知道呢？"

这一说白桂梅脸更红了，她说："真丢人，我都没法见人了。"

韩汝福说："跟你有什么关系？他是他，你是你。"他继续说，"这下你解脱了，以后的日子还长着呢，抬起头，挺起胸，享受生活吧。哎，刚才跟你一块儿那位是谁呀？像你妹妹白桂荷。"

她说："怎么是像？当然就是桂荷。"

他更惊讶："什么？你再说一遍？"

她说："再说十遍也一样，白桂荷！白家二小姐呀！"

这让韩汝福感到震惊。他双手抱住脑袋，急得直跺脚："天哪，这可怎么办呀？"

他这一举动把白桂梅弄得满头雾水，她问："你这是怎么了？大惊小怪的。"

他惊诧得语无伦次："天哪……这可怎么办呀？"

白桂梅镇静地问他："你这是怎么了？到底发生了什么事？"

他说："什么事？天塌下来了！明天，就是明天，刘耀武要结婚了。"他指了指车上的盘子和碗筷说："你看，这是明天办喜宴用的，我给租赁的。"

这简直是晴天霹雳，白桂梅顿时血脉偾张，气愤至极。她说："刘耀武怎么是这么个人？太薄情了吧，这才多久就移情别恋？"

韩汝福说："这绝对不能怨刘耀武！你妹妹一走这么久，杳无音信，后来又传出你妹妹去世的消息。刘耀武起初根本不相信，可是后来又听说这消息是你们白家传出来的，还说你去天江奔丧。我和刘耀武还去过你们邻居家，邻居证实了你确实去了天江。刘耀武难过得死去活来，后来他家又发生了许多变故，都是人家王掌柜，就是新娘子王玉莲的父亲帮助刘耀武他家渡过了难关。刘耀武是知恩图报的人，就记住了人家的恩德。后来，他爹病得要死了，苦苦哀求要在咽气以前看见儿媳妇，刘耀武是孝子，在实在没办法推托的情况下，才答应了这门亲事，结婚的日子他也尽量往后推，最后推到了明天。到现在他都没有忘记你妹妹呀，你可不能冤枉人呀！"

白桂梅说："照你这么说，好像也不能怨刘耀武。可是我妹妹怎么办？我妹妹性情刚烈，说一不二，从一而终，这么大的刺激她可受不了，而且她的大病刚好，我们怎么办呢？"

韩汝福说："那有什么办法呢？他们俩是有缘无分，怨只怨老天爷吧！"

白桂梅说："那总得想个办法呀，恐怕我妹妹今天晚上就要去找刘耀武。因为我爸爸刚才说了，让我们婚姻自由，她肯定要把这个好消息告诉刘耀武。这可怎么办呢？"

韩汝福说："没有别的更好的办法，只能暂时瞒着她这个消息，不让她去见刘耀武，拖一天是一天，慢慢给她渗透，让她一点一点地慢慢接受这个事实。"

白桂梅说："也就只能这么办了，我今天尽量找个理由，不让她去见刘耀武，过了明天再编个理由想个办法，就这样办吧。她恐怕等得着急了，再见吧！"两人就此分手。白桂梅疾走几步来到妹妹跟前，妹妹取笑姐姐说："还是老相好，天配的一对，有说不完的话，这才是真感情。"

白桂梅强忍着眼眶里的泪，让它们往心里流，心里想：好傻的妹妹呀，你太可怜了！姐妹俩走在回家的路上，妹妹眉飞色舞地拿韩汝福取笑姐姐，还说今天晚上要去见刘耀武，给他一个惊喜。

吃过晚饭，白桂荷经过一番梳洗打扮，要出门去看刘耀武。白桂梅赶紧上前拦住，问妹妹干什么去。白桂荷兴高采烈地说去找刘耀武。

白桂梅说："今天你可绝对不能去，下午韩汝福对我说了，刘耀武他爹今天过六十大寿，家里边儿客人很多。"

白桂荷说："客人多怕什么，我可以把刘耀武叫出来说呀。"

白桂梅说："那也不行，人家过生日没邀请你，你去就成了不速之客，对人家恐怕不吉利。"

白桂梅这理由编得也有点太牵强了，白桂荷好像也没听过过生日还有这个忌讳。她想，既然姐姐说了，可能就有吧，还是宁信其有，不信其无吧。反正只有一夜之差，明天再去也没有关系。

晚上姐妹俩又睡在一盘炕上，屋里只有她们两个人。白桂荷还是很兴奋，说："北源这地方规矩可真多，过生日还怕生人，真有意思，反正我明天再去也误不了事。"

白桂梅装作若无其事地说："着什么急？你过两天再去也行。"

白桂荷说："那可不行，我明天一定要去。你想，后天是腊月十九，爸爸就出院，用不了一两天，我就得和姑姑回天江，做过年的准备了。我也要早点告诉刘耀武，让他们早点做准备，过年以后我们就得把这件大事提上日程了。你说不着急行吗？"

白桂梅再也找不到什么拖延的借口了，就说："不管怎么样，反正你明天不能去！"

白桂荷着急了，说："姐姐，你们是不是有什么事儿瞒着我？难道刘耀武出事儿了？出什么事儿了？快告诉我。"

白桂梅沉默了，眼里含着泪，心里在喊：傻妹妹呀，不要问啦！可是白桂荷哪能不问，她摇晃姐姐的肩膀，哀求着说："好姐姐呀，快告诉我，刘耀武到底出什么事儿了？"

白桂梅已经泣不成声，心想再瞒也瞒不住了，只好说："好妹妹，我要说出来，你可得挺得住！"

白桂荷坚定地说："你快说，我挺得住。"

白桂梅放低声音说："刘耀武明天要结婚了。"

白桂荷难以置信地说："姐姐，你不是开玩笑吗？这怎么可能呢？"

白桂梅斩钉截铁地说："千真万确！今天我碰到韩汝福，他正在帮忙为婚礼租赁餐具，这还能有错吗？不过这事儿还真不能怨刘耀武，不能冤枉他。"于是，她便把韩汝福告诉她的话，从头至尾原原本本地说了一遍。

白桂梅那一句"千真万确"像晴天霹雳，把白桂荷一下子从天堂打落到地狱。后来她的解释就变成了她自说自话的絮叨了。白桂荷还能听进去她解释吗？她所认为的世界上最忠诚、最善良的人，她最爱的人，竟然背叛了她！抛弃了她！她把一切都给了他，他却移情别恋，就要和别人结婚了。她用心血栽培、浇灌的那支圣洁的爱情玫瑰，曾经那么绚烂夺目、那么芳香迷人，霎时间被狂风暴雨摧残得不堪入目，绚丽的花瓣四处飘零，最后落入污泥浊水中，只剩下光秃秃的枝干和尖利的刺，刺得她的心在滴血。她泪如雨下，全身在颤抖，她想：既然最美好的东西被摧残得荡然无存，那活着还有什么意思？刘耀武呀刘耀武，既然不能活着投入你的怀抱，只能死在你的面前。我要让你那颗虚伪、恶毒、卑鄙的心，时时刻刻遭受谴责。死的决心一定，她倒镇静了，也轻松了，也不流泪了，也不颤抖了。

这时白桂梅已将一切全盘托出，看到白桂荷平静了，以为是自己的解释起了作用。她想：谢天谢地！只要再经过这样耐心的解释和严密的防范，能平安度过这几天，等妹妹回到天江，这码事儿就结束了。然而，她把问题想得太简单了，她低估了妹妹的反应。其实白桂荷正在谋划着结束自己的生命。

白桂荷觉察到姐姐翻来覆去地不愿入睡，是在用心保护着自己，防范自己寻短见，内心波澜起伏："善良的姐姐呀，对不起呀，你的这份爱心恐怕要徒劳了。亲爱的姐姐呀，对不起呀，给爸妈和姑养老送终的重担，就要交给你了。"此后，姐妹俩都睁着眼睛，看着窗外的月光，各怀心事，度过了这个漫长的夜。

第二天姐妹俩都起得挺早，白桂梅仍然亦步亦趋、形影不离地跟随着、防范着桂荷，生怕一时疏忽，她会做出傻事。白桂荷却照样梳洗打扮，和平常一样轻松坦然，好像比平常更加活跃。她一会儿给妈梳梳头，一会儿给姑擦擦脸，然后就像小孩子似的，亲昵地依偎在妈妈或姑姑的身边。没多久，白桂荷忽然跳起来说："哎呀，差点忘了一件大事儿，妈的生日二月十九，我好几年没回来，没给妈拜寿；姑的生日是九月十三，正好我住院，不但没给姑磕头，反而把姑累得够呛。今天是好日子，腊月十八，我给两位母亲补磕头。"

说着把两位老人安排在太师椅上坐好，她跪在砖地上磕了三个响头。两位老人只顾着享受天伦之乐，根本没往别处想。姐姐看得一头雾水，心里想：现在已是中午时分，正是关键时刻，刘家正在拜堂，只要看着你，不让你出去，就不会闹出什么事端。

吃过午饭，白桂荷就迫不及待地要去医院探望父亲，白桂梅当然欣然同意，并与她一同前往。她们来到病房，白桂梅照例去打来半盆热水，白桂荷就抢着给父亲洗脚。今天和往常不同，白桂荷洗得特别仔细，连指缝都洗得干干净净，洗完脚又跟护士借了一把剪刀，小心翼翼地给爸爸剪了脚指甲，然后又掏出洋笙，靠在父亲身上低低地吹奏起来，她不但吹了《小放牛》，还吹了《四季歌》和《黄水谣》。

当吹到凄婉悲凉处，爸爸也动情地噙着眼泪，用那干瘪的手抚摸着她的头。她也尽情地享受着父亲的爱抚。直到下午六点，墙上的挂钟敲响了，姐妹俩才依依不舍地离开了病房。可是没走几步，白桂荷便停住了脚步，转身又走回了病房。父亲看她去而复返有点诧异，她走到父亲跟前，再一次拉着父亲的手，说："父亲，我不在你身边，你要多多保重。"

然后她又毕恭毕敬地给父亲鞠了一躬，才噙着泪水出了病房。白子厚心想：这孩子知道快要回天江了，有点不舍。

刘耀武的喜事儿虽然没那么隆重，也不讲排场，但也整整忙乱了一天。晚上八点多了，刘耀武送走了最后几位客人，他们本来是留下来闹洞房的，可是由于刘耀武无精打采，闹得实在很尴尬，便早早收场了。送走了客人，刘耀武并没有立即回到新房，而是来到爹的房间。因为二十年来，他们爷儿俩总是同睡一盘炕，他总是晨昏定省。今天第一次父子分开，总有点不习惯，怕委屈了老爹，便把韩汝福留下陪老爹，自己也想和老爹多坐一会儿。他们喝茶聊天，回顾今天的喜宴上有没有疏忽的地方，有没有怠慢了哪一位亲朋好友。他们聊到九点多，老爹就开始撵儿子了，让他赶快到新房陪新娘，不要冷落了新娘。被撵了几次，刘耀武才仔细地交代韩汝福，拜托他照顾好老爹，才慢悠悠甚至有点不情愿地离开父亲，来到了新房。

再说王玉莲，自从中午来到刘家就中规中矩地履行着一个新娘的约定俗成的程式。经过了拜天地，给亲朋满酒，守喜灯，闹洞房，她确实累得腰酸腿疼。等刘耀武送走客人，玉莲才在地下走动，活动筋骨。她想跟刘耀武说说话，可是他又迟迟未归。她心急火燎，又百无聊赖，便坐在八仙桌旁翻看刘耀武的东西，她看到了一把洋笙，一尘不染，再细细看，上面还刻着几个娟秀的字：白桂荷。她又拿起一本用牛皮纸装订得非常工整、保护得簇新的本子，上面分明是刘耀武用毛笔写的洋笙曲谱，又有白桂荷的名字，特别是那曲《洋笙情》居然签有刘耀武和白桂荷两人的名字。她心中一阵酸涩，平添了几分不快。她再翻开几张刘耀武抄写的唐诗宋词的字帖，首先映入眼帘的是苏东坡的词"十年生死两茫茫，不思量，自难忘，千里孤坟无处话凄凉"。玉莲不需要再往下看了，这是刘耀武为纪念白桂荷而写下的。她转念一想，反正白桂荷已成亡魂，他的心中的位置很快就该属于自己了，心中那种酸溜溜的感觉才转变成甜滋滋的。她带着这种愉悦的感觉和一天的疲惫宽衣解带，然后钻进了被窝，等待着刘耀武，等待着那幸福而神圣的时刻。

刘耀武进了新房门，就说："不好意思，冷落你了，刚才我跟爹说了几句话，又向韩汝福交代了点事儿。"

王玉莲红着脸说："你也累一天了，快洗洗休息吧！"

刘耀武说："不累，你先睡吧，时间还早，我看会儿书，这是我每天都坚持的习惯。"他坐在椅子上并没有看书，而是拿起那把洋笙翻来覆去地看着、抚摸着，又拿起那本曲谱一页页重复地翻看着。霎时间，他的脑子里好像过电影一样，一幕一幕地闪现着白桂荷的音容笑貌。他的眼眶渐渐发红了、湿润了，尽管王玉莲一次一次羞涩地催促，他丝毫没有热情地回应，她由满脸羞涩、迫不及待变得略有愠色，到最后迷迷瞪瞪的，略有睡意。忽然，她听到窗外有吹洋笙的声音，仔细听应该是《洋笙情》独有的旋律。刘耀武脱口而出："是桂荷！"

王玉莲也清醒了，说："是你心里的幻觉吧！她早就不在人世了。"

再仔细听，刘耀武确凿地说："就是白桂荷！"他一边说一边站起身来，急速地往外冲。在明亮的月光和满天星斗下，他一眼就认出，那就是他的心上人，尽管她比以前瘦小很多。此时，白桂荷摇摇晃晃、站立不稳，他不管不顾地三步并作两步向前，一把将她抱住。她有气无力却又十分气愤地说："刘耀武，你这个王八蛋！你这负心的伪君子！本姑娘今天就死在你面前。"说着她从怀里掏出一把小剪刀，要刺向自己的喉咙。刘耀武手疾眼快，一把将剪刀夺在手里，扔到地上。这时，白桂荷却再也没有支撑的力量，顺势倒在他的怀中，再也没有说话。白桂荷只是晕了过去，尚有鼻息，刘耀武高喊一声："汝福，快出来！"王玉莲听见是白桂荷，心里非常气愤，心想：你这孤魂野鬼来扰乱我的喜事，扰乱我的家庭，今天一定要好好教训教训你！她赶快穿好衣服疾步走出门来。她看到白桂荷那非死非活的可怜相后，心一下就软了，打她抬不起手，骂她张不开口，只说了一句："赶快送医院，还愣着干什么？"说完，她就反身回到房里。

白桂梅也来了，她们家夜倌老王打着个手电筒跟着跑来了。白桂梅泪流满面，心痛不已地说："妹妹呀，都怪姐姐不好，没有看住你！"

老王从地上捡起小剪刀，仔细查看着，没有看到血迹，便说："不要紧，没有伤着，桂梅，不要哭了，赶快想办法救人要紧。"老王还说要赶紧回去套车。刘耀武说不要套车了，他背着走，说完，让韩汝福帮忙，他转过身来就把她背在背上，几个人大步流星地向医院走去。白桂梅安顿老王说："王叔，你赶快回家，向母亲、姑姑报个消息，让她们不要担心。妹妹没什么，只是有点虚弱，到医院打打针、吃点药就没事儿了。"

白桂荷躺在急诊室的病床上，医生向家属询问了她的发病情况，然后对她进行了详细的检查。医生对家属说："病人没有什么大问题，只是严重的贫血，身体虚弱，加上精神受到刺激，导致暂时性的昏厥。只要打两针，安静地休息一段时间就会醒过来，然后带点药回家休养，家属一定要给她加强营养，千万不要让她再受刺激，这样就会慢慢好起来。"听了医生的话，白桂梅不屑地看了刘耀武一眼，不无讥讽地说："你快回家吧，还有新娘等着你入洞房呢！"

刘耀武低着头不说话，但也不离开。白桂梅郑重其事地说："快走吧，不然她醒来再看见你，会更生气的。"这话很有道理，为了白桂荷，刘耀武应该离开，又看到老王已经赶来，轿车子在门口等候。于是他就让韩汝福帮忙照顾白桂荷，一定把她送回家，又给韩汝福留了几块大洋，说不管花多少钱，一切费用都由他负责，而后才担心又不舍地离开了医院。

新房里留下了王玉莲孤孤单单的一个人，羞辱、愤怒、孤独、害怕的感觉轮番袭击着她。看到自己丈夫的怀里，抱着别的女人，而且是自己的情敌白桂荷，王玉莲就气不打一处来。她觉得自己在感情的竞争上已经输给了白桂荷，自己和刘耀武的感情只是自己"剃头挑子——一头热"，刘耀武只是出于报恩、出于孝心，是因为失去了白桂荷，才娶了自己，只是为了填补感情上的空虚而已。而现在，这个已经"死去"的白桂荷，又活生生地站在他们之间了！自己的婚姻又是什么呢？有人说，没有感情的婚姻是不道德的。玉莲觉得自己的婚姻就是不道德的。而造成这不道德的事实的始作俑者就是自己！如果自己耐着性子，厚着脸皮，把这种婚姻关系延续下去，刘耀武当然只能是哑巴吃黄连。但是，强扭的瓜肯定不会甜，自己的结局很可能是一辈子与他同床异梦，自己一辈子做白桂荷的替身，最多只是他生儿育女的工具。玉莲觉得甚至连生儿育女也可能只是自己的一厢情愿，再看他今天晚上的举动和表情，在不知道白桂荷还活着的情况下，他竟然也是畏缩不前，好像有什么难言之隐，他是不是男子汉？太可怕了，玉莲不敢往下想了。再说，玉莲觉得自己不应委曲求全，世上好男儿多的是。当断不断，必受其乱。于是王玉莲携带随身带来的东西，离开了刘家。

刘耀武心烦意乱地回到家里，发现家中已经人去屋空，再看王玉莲带来的随身物品一件也没有了。他明白了，王玉莲回娘家了。他想：一个年轻女子在新婚之日，在深更半夜，一个人在街上踽踽独行，太不安全了，无论如何，自己一定要把她安安全全送到家里。于是，刘耀武赶快出门，一路小跑追赶玉莲。他一路跑，一路寻觅她的身影，可是直到他跑到王家的大门口，也没有看见她的人影。好在大门还没有锁，他就径直向还点着灯的堂屋走去。堂屋里王广和夫妇二人都在，玉莲正在啜泣。

王广和看着他来了就赶快让座，说："怎么头一天大喜的日子就生气了？她这样生气，看来明天的喜宴就得往后推了，一个礼拜之内，再定好日子，我让人提前通知你。玉莲挺好的，一切都挺好的，你放心回吧！"

刘耀武面带愧色地离开了王家。

送走了刘耀武，王广和夫妇二人就问："玉莲，出了什么天大的事儿，能让你这个新娘子在洞房之夜跑回了娘家？"

玉莲停止了哭泣，说："那个白桂荷又复活了，我们还没休息，她就来闹了，哭得死去活来，还要自寻短见。"

王广和夫妇非常惊讶：怎么人死还能复生？片刻后，王广和胸有成竹地说："你们现在是合法夫妻了，她来晚了一步，闹也没用了。不理她就算了。"

玉莲又说："刘耀武可不是这样，他还把她背到医院，这也太过分了吧！"

王广和马上说："这有什么了不起的？扶危济困、救死扶伤，是人之常情、人之美德嘛！"

玉莲又说："我跟他没有感情。"

王广和立刻严肃地说："这就是你的不对了，你跟他没有感情，怎么你也欢天喜地地结了婚？再说，感情这东西是慢慢处出来的，越处感情越深。"

玉莲沉默了，犹豫了好一会儿，终于下了决心，红着脸说："他好像只有男儿形而没有男儿身。"

说完，她就双手捂住脸低下了头。

这句话像一颗炸弹，震动了整个屋子，夫妻俩瞠目结舌，面面相觑。王广和不停地叹气，无奈地说："咳！好好的后生怎么会是这样呢？什么毛病、什么缺点都可以改正，都可以容忍，怎么、怎么会这样呢？看来你们是真的没缘了！还好，现在还不算太晚，赶快撤开人马通知亲戚朋友，‘回门’的庆典无限期地推迟吧。"

第二天一早，刘耀武就急切地来到了白家，他没有奢望要见到白桂荷，只是担心她的病情，能打探到消息就满足了。他呆呆地站在门口向里边张望。白桂梅出来了，告诉他："妹妹已经清醒了，身体也好多了，她不想见任何人，希望你以后别再来了。"说完她就"咣当"一声关上了大门。

虽然讨了个没趣，但他感觉心里踏实多了，灰溜溜地回到了自己家中蒙头就睡。

第三天王家来人了，但不是通知刘耀武回门庆典的日期，而是请老刘海过府议事。大约一个时辰后，老刘海回来了，唉声叹气地告诉刘耀武："王家提出解除婚约，因为没有举行回门庆典，也就不登报了。"

刘耀武问："那欠王家的钱怎么办呢？"

老刘海说："王家人宽宏大量，没提这码事，是我主动提出一年以后归还，人家也就痛快地答应了。"

二十三

　　刘耀武怎么也没想到这么复杂的事情，竟然这么痛快地解决了，

他觉得精神上的压力顿时减轻了不少。但想到王广和那慈祥严肃的

面孔、那亦师亦父的关系，以及在关键的时候帮自己迈过一个一个

的坎；想起玉莲的善良贤淑以及对自己的满腔热情，他觉得十分内

疚，觉得实在对不起他们，甚至觉得自己就是忘恩负义、以怨报德

的小人，以后怎么有脸去见他们，见上司马局长呢？过了一会儿，

他又反过来想：这感情上的事不同一般，自己的感情、自己的爱，

早已全部给了白桂荷，没有办法再分给别人一丝一毫！他更不能脚踏两只船，想必他们会在了解事情的原委后，慢慢理解自己的。既然已经走到了这一步，刘耀武决定今后自己就全身心地扑在白桂荷身上，为她的健康出力，希望她能原谅自己，二人重归于好。于是他写了一封长信送到白家，请下人转交二小姐。在以后的几天里，他每天一大早就来到白家大门口，如程门立雪般地站上一小时，想见白桂荷一面。可是，他不仅没有见着白桂荷，连白桂梅也没有看见。

大约一周后，刘耀武终于盼到了回信：

刘耀武：

你这个道貌岸然、口蜜腹剑的伪君子，你这个朝秦暮楚、薄情寡义的小人！我非常后悔对你一见钟情，并把真心都给了你，更后悔为了你这个卑鄙无耻之徒而殉情，自寻短见，差一点铸成大错，差一点损伤了两条善良的生命。我痛恨你，更鄙视你，再也不想看到你，我再也不会相信如你之辈的甜言蜜语，也再不会上当受骗，我要自主坚强独立地生活下去。

我怀了你的孩子，孩子是无辜的，我要把他生下来并抚养教育成人。我要用我坚强的性格、高尚的情操来教育他、感染他。到他年满十二岁时，我让他去认你，信物就是那支洋笙。他可以给你养老送终，但是在他十二岁以前，我绝不许你见他一面。

王玉莲是善良的，她也是受害者，你要把她请回来，要善待她。你已经伤害了一个女人，不要再伤害另一个了！

当你看到这封信时，我已回到了天江，请你不要再到我家打扰我的父母，也不要再给我写信，我们从此恩断义绝！

白桂荷

1947 年元月 18 日

二十四

　　过了丁亥年的大年，白桂荷的病情大有好转，她的胃口大开，

饭量增加，身体很快丰满起来，脸上也有了血色。姑姑看见她的变

化非常高兴，就想方设法地给她加强营养。可是过了几天，姑姑就

发现有点不对劲儿。姑姑见白桂荷的腰变粗了，胸脯和肚子鼓了起

来，掐着指头一算，白桂荷已经三个月没经月事了。再联系到去年

腊月在北源发生的事情，姑姑猜想白桂荷可能是有身孕了。这种事

又不能直截了当地问，姑姑就试探着说："你这肚子大得有点不正

常，要不到医院看看？"白桂荷坚决不同意，说自己没病。姑姑眼看着白桂荷的肚子一天比一天大，几次试探，白桂荷都不愿意去医院，说自己没病。姑姑心里就明白了，也就再不提这事了，只是偷偷地给哥哥写了一封信，说明了情况。

白子厚看着这封信，脸色一阵红一阵白，最后气得嘴唇发紫。白太太看见他这个样子就问他："信上说的什么？"他也不吭声。

白太太又着急地问："到底说的什么？你倒是说呀。"他不耐烦地把信扔给太太，说："说的什么说的什么，你自己看看说的什么。"

白太太说："我又不识字，我怎么知道说的什么，你就说说呗。"

他气急败坏地说："咱家二姑娘……怀上刘海的孙子了……你说丢人不丢人？"

白太太也急了个大红脸，说："那可怎么办？那可怎么办？"

他仍气急败坏地说："怎么办？这孩子不能留。我可丢不起人。"

白太太说："那可不行，这会害死桂荷的。"

他说："死就死了，这种东西死了也好，我真后悔花那么多钱去救她这条命。"

白太太生气地说："这是你当爹的该说的话吗？那可是一条命，是我身上掉下来的一块肉。你的脸面就那么尊贵啊？"

这只是白子厚一时的气话，其实，他比谁都疼爱这个二姑娘，看重这个二姑娘。他问："那你说，怎么办呢？"

白太太说："怎么办？让她生下来。"

白子厚说："那不丢人吗？"

白太太说："咱们想个办法，对天江人说，姑爷在北源；对北源人说，姑爷在天江。这不就圆谎了吗？"

白子厚说："妇人之见。你瞒得了一时，瞒得了一世吗？不行，绝对不行，还得另想办法。"

白太太说："那该怎么办呢？"

白子厚说："那就赶快给她找个人家吧。"

白太太说："你说得倒容易，咱们的姑娘你又不是不知道，你随便给她找个女婿，她能接受吗？再说了，咱们带着肚子找人家，有人乐意吗？就算找成了，以后人家还能看得起咱们的姑娘吗？她还不是受气包吗？"

白子厚又问:"那你说怎么办呢?"

白太太随口就说:"那就还找刘海的儿子呗,他做的孽他就得负责到底。"

白太太的话刚出口,白子厚就急着说:"那桂荷当初为什么不找他呢?原先是我不同意,她却跟刘耀武暗结珠胎。现在我同意了,给他们婚姻自由,那为什么倒没下文了呢?真是莫名其妙。"

白太太说:"我也不了解事情的原委。"

白子厚接着又问:"那谁能了解呢?另外,咱们也得打听打听:这刘耀武到底是个什么人?人品怎么样啊?"

白太太说:"你要打听,不用找别人,问咱们桂梅就行了。"

吃完了晚饭,白桂梅正要回自己的屋去休息,被父亲叫住了。看见父亲郑重其事的神色,白桂梅以为自己做错了什么事,又要受父亲的训教。可父亲和颜悦色地对她说:"今天我要问你点事儿,你一定要实事求是地回答。"

白桂梅说:"父亲有什么事儿尽管问,只要我知道,一定知无不言。"

父亲清了清嗓子说："有一个叫刘耀武的，就是刘海的儿子，你认识吧？"

白桂梅说："刘耀武是我的同学，我当然认识了。"父亲问："这人的人品、性格和学识怎么样？你给父亲简单说一下。"

白桂梅心想：糟了！父亲肯定是知道妹妹和刘耀武的事了。腊月十八的晚上，父亲还在医院住院，妹妹在刘家门口出事，他怎么知道的？既然知道了就隐瞒不了了，只能实话实说。于是她把刘耀武的人品如何优秀、如何忠厚善良，以及如何才华横溢，如竹筒倒豆子一般，全部说给了父亲。

白子厚又问："刘耀武和你妹妹是怎么认识的？他们的感情怎么样？"白桂梅也如实地向爸爸做了汇报，包括刘耀武和王玉莲结婚，以及那天晚上发生的事情。

"既然他们的感情这么好，那他为什么背叛你妹妹和别人结婚了呢？"

她叹了一口气，说："可惜呀！他俩真是有情没缘呀。"

"此话怎讲？"

"妹妹回了天江就一病不起。两人失去了联系，刘耀武还听到好多谣言，他彻底失望了。再加上他家也发生了很多变故，就阴错阳差造成了现在这种结果。"

"有什么变故呢？"

"当时我正在天江，详细情况也不了解。我只是道听途说。"

"那么，谁可以说清楚呢？你又是听谁说的呢？"

白桂梅脸红了，半天不说话。父亲说："这有什么不好说的呢？到底听谁说的呀？"

白桂梅嗫嚅地说："韩汝福。"

父亲笑着说："这有什么不好意思的？不就是一个要好的同学吗？明天请他来，我要详细问问他。"

第二天，白桂梅领着韩汝福来见爸爸，两人都羞羞答答地红着脸站着。白桂梅对父亲说："这就是韩汝福，我的同学。"

白子厚打量着韩汝福，见他身材高大，身体壮硕，五官端正，皮肤黝黑，又看他穿着平常的衣服，没有一点装模作样，也没有一点矫揉造作。白子厚心里本就非常喜欢踏实的人，连忙示意让韩汝福坐下，又让女儿给客人倒茶。白子厚像家长一样详细地问了韩汝福的家庭情况和日常生活，韩汝福并没有觉得难为情，把所有问题都实事求是、大大方方地回答了。

随后，白子厚开始询问有关刘耀武的事情。因为在来之前心里已有准备，而且说的完全是事实，所以，韩汝福把一桩桩、一件件说得清清楚楚、头头是道。韩汝福首先说他和刘耀武是生死之交的关系，说刘耀武在关键时刻救了他一命，刘耀武的品行非常端正，人也很善良；又说了刘耀武百里挑一考上了电报局并受到重用，还受到王掌柜的赏识，刘耀武的才华出众也不是一般人可比的。

韩汝福重点讲了两人的感情经历，说刘耀武和二小姐的感情非常真挚热烈。他亲眼所见，两人在谢家菜园老榆树下吹奏洋笙时的缠绵悱恻、依依不舍的状态。在遭到歹徒殴打时，两人宁愿自己挨打，也要保护对方。当听到谣传二小姐惨遭不幸的消息时，刘耀武痛不欲生，多次在夜深人静时，悄悄到老榆树下，为二小姐焚香烧纸哭泣。因情绪低迷，茶不思，饭不想，刘耀武整整瘦了一圈。而他和王玉莲的婚姻主要是双方老人的意愿，王玉莲也确实深爱着刘耀武，而刘耀武却是深深怀念着二小姐，所以当时迟迟不应允这桩婚事。只是在奄奄一息的老父亲苦苦哀求下，刘耀武才勉强答应了这桩婚事。在结婚的当天，他无精打采，晚上也迟迟不进洞房。在深更半夜听到二小姐的琴声时，他迅速跑了出来，把小姐拥抱在怀，并亲自把小姐背到医院。这种种的行为激怒了王玉莲，于是王玉莲新婚当夜便逃婚了。他们这段"婚姻"是有名无实的，是一场天大的玩笑。

白子厚又问："那以后的情况呢？"

韩汝福说："刘耀武当然是痴心不改，可是二小姐追求的灵魂伴侣一定是纯洁的、无瑕的，说刘耀武是个脏人，水火不容，从此要恩断义绝。"

听韩汝福说完这段话，白子厚沉思了一会儿。他说："你能确定他对王玉莲没有真感情吗？"

韩汝福肯定地说："能。因为当时我就在他家，听到响动就跑了出来，这一切我都亲眼见证。"

白子厚又说："照你这么一说，这刘耀武还是个重情重义的人。那他现在的情况怎么样呢？"他似乎显得有几分关切。

韩汝福担忧地说："萎靡不振，情绪低落，少言寡语，成天往龙泉寺跑，要不是有老父亲，他可能就皈依佛门了。"他故意说得严重了点。

白子厚摇摇头说："年轻人不懂事。我们也很同情他，可是二姑娘的脾气太犟了，得慢慢来呀。你劝劝他，身体要紧，不要胡来。"白子厚又诚恳地对韩汝福说："你以后要常来坐坐，不要客气。"

韩汝福站起身来，说："那是肯定。现在白家少了不少人，有什么拿轻扛重的活儿，让桂梅叫我一声，我一定尽量出力，别的我也帮不了。"说完他就高兴地告辞了。

白子厚今天让韩汝福来家，其实是有两个目的：一是了解一下刘耀武方面的情况，二是想考察一下韩汝福。他知道桂梅心里还有韩汝福，而且两人还有来往。今天他要替女儿把把关。今天的考试，韩汝福过关了。

当白桂梅送走韩汝福回到屋里时，白子厚对女儿说："这小伙不错，从长相到人品都不错，而且勤劳朴实，也是正经人家的孩子。只要人家不嫌弃咱们，你们就继续来往吧。让他常来咱家，你也可以去他家，但不要在外边抛头露面。等过个一年半载的，时机成熟了，你们就可以办喜事，了却爸爸的一桩心事。前一次，父亲对不住你。这次好好给你补偿补偿。"

白桂梅红着脸没有吭声，默认了父亲的安排。

大约在三月初，传来了王玉莲结婚的消息，刘耀武心中的负罪感减轻了不少，也替王广和夫妇高兴，更为玉莲高兴。他知道总算没因为自己的过错，影响了玉莲姑娘的婚姻，没有影响她的前程。刘耀武甚至产生了上门祝贺的想法，但马上就自嘲：你还有什么脸去见王叔、王婶儿，有什么脸再去登王家的门？

可是，世间的事情就这样怪，绝对不可能的事情，却发生了，王广和竟然遣人来请刘耀武到家小叙。他想：王叔为什么让自己过去呢？是不是为了催债？要是那样，自己一定想尽办法，把钱凑够，绝不让王叔为难。可是又一想，王叔绝对不是那样的人。也可能是要出一出心中的闷气，臭骂自己一顿。要是那样，自己就洗耳恭听，因为问题都是自己造成的。不管怎样，自己就硬着头皮、厚着脸皮去一趟吧。

刘耀武不知道怎样进了王广和的家门，也不知道怎样坐在了王广和的对面。他的脸连同脖颈都热得发烫，全身都火烧火燎的，心在突突地跳。他低着头等待王广和的训教。王广和却还和以前一样，那样慈祥，那样笑容可掬。他先开口了："好久没见了，你瘦了。"王广和又说："玉莲出嫁了，感觉到家里空荡荡的，就想和你见见面、聊聊天。"话语里并没有责怪的意思，更没有要催债的意思。刘耀武的心放松了许多。

　　刘耀武说："我也很想王叔、王婶儿，早想和你们见见面，给你们解释解释。可是我害怕，也不好意思来。"

　　王广和说："有什么不好意思的？也不需要什么解释，事情已经过去了，再说了，你有什么错？错在我们大人。"

　　听王广和这样说，他赶紧说道："王叔有什么错？错都在我一个人身上。王叔疼爱我，我心知肚明。是我对不起王叔、王婶儿，更对不起玉莲妹妹。"

　　"过去的事了，什么也不说了。一句话，只是一个'缘'字。咱们爷儿俩只有这样的缘分，没有那样的缘分。"王广和接着说，"玉莲在一个多月前结婚成家了，女婿是一个公司的工程师。两口子感情很好，公公婆婆也很喜欢她。可是我们老两口总觉得像丢了什么似的，想她呀。"

刘耀武略带喜色地说："这就好了。我每天提心吊胆，就怕给玉莲妹妹造成恶劣的影响。我祝福他们幸福安康、白头偕老。"

王广和接着问道："你们怎么样？你和白家二小姐？"

他叹了一口气，低声地说："鸾飘凤泊，单鹄寡凫。"

王广和问道："何以至此？是白子厚从中作梗吗？"

他回答："白叔倒是不阻拦，可是白桂荷态度坚决，绝不见我，也绝不再嫁人。"

"那又为什么呢？"

刘耀武沉默了，他也不知道怎么和王广和说。

王广和说："其实你不说，我也知晓几分。据说这白小姐性格刚强，说一不二。眼里容不下沙子，感情容不得一丝玷污。"他稍稍停顿了一会儿，又说："这里边有误会。你一定要想办法消除误会呀！"

刘耀武深知王广和说得对，却想不出一个与白桂荷消除误会的办法。他和王广和互道珍重后就离开了王家。

　　一眨眼时间就进入五月了。眼看着白桂荷的肚子已经大得非常明显，快要临盆了。白子厚、白子倩兄妹俩急得像热锅上的蚂蚁。他们喋喋不休地劝说桂荷，她却像吃了秤砣一样铁了心了，丝毫不为所动。但是，她的内心深处渐渐发生了微妙的变化。在夜里、在睡梦里，她经常梦见和刘耀武在谢家菜园的大榆树下，吹奏洋笙，梦见和他游山玩水，梦到愉快的情节，她竟能从梦中笑醒。但是，一旦醒来，她又回到了现实，还嘲讽自己自作多情。

　　一天夜里，她做了一个特殊的梦，梦见她和刘耀武信步在谢家菜园的水渠畔，欣赏着杨柳依依、野花烂漫。突然，狂风大作，乌云翻滚，雷电交加，大雨滂沱，水渠顿时幻化为波浪滔天的大河，她和他被隔在河的两侧。他们急得又是招手，又是呼喊。只见刘耀武猛地跃入河中向她游来，游至河心，一个大浪把他拍得无影无踪。她喊呀，叫呀，哭呀。

喜鹊的叫声把她从梦中唤醒。醒后，她仍在抽泣。姑姑心疼地看着她，知道她做了噩梦，忙淘洗了一块热毛巾递给她并安慰说："梦都是反的。做噩梦，一定有好事。"

　　这时门外响起了铃铛声，是邮差来了。姑姑出门接过信一看，是写给白桂荷的，就递给她。她打开信封一看，签名竟然是王玉莲。

　　白桂荷小姐：

　　看到这封信，你一定会很惊诧，但我劝你一定要把它看完。今天，我要和你谈一谈我和刘耀武之间的来龙去脉。

　　最初是我父亲偶然间遇见了刘耀武，父亲看中了他，喜欢他的形象、他的性格和他的才学，并想收他为传承书法的徒弟，还想招他为东床，甚至还想让他做自己事业的接班人。父亲把他领回了家，找各种理由让我和他接触，也给了我们独处的机会。说实话，我也爱上了他。可是他的心里只有你，没有给我一丝一毫的机会。就这样，我们相处了很长时间，但他还是他，我还是我。

有一次，父亲让我们去看电影，演的是《乌鸦与麻雀》，有许多镜头非常搞笑。在无意间，我的手碰到了他的手，他的手却疾速抽回。这是我们唯一一次肌肤接触。在以后相处的时间里，我们相见时总是像初见一样客气拘谨，我们好像两条平行线。

至于我们的婚姻，完全是两家大人的意愿促成的。一开始他以种种理由推托，我也信心不足。后来听说你重疾离世的谣言，在他最艰难的时候，他爹也遭遇不幸，生命垂危。经他爹苦苦哀求，刘耀武才勉强答应。在新婚之夜，他迟迟不肯进入洞房，进入洞房后也不解衣、不睡觉，而是拿出你给他的洋笙和那本曲谱（在他未进入房间前，我看过，上面有你的名字）睹物思人，痛苦不已。在听到你的琴声后，他一个箭步就蹿出门外，看你晕倒，冲过去将你揽入怀中，又把你背到医院。以后的事儿你都知道了，就不必我说了。他的种种行为让我彻底认清了现实，也看清了他的内心。当夜，我就离开了刘家，决心此生再不见他。

至此，他还是他，我还是我，我们没有任何瓜葛。

我无意间卷入一场与你的感情之战，现在我退出了竞争。我已结婚成家，组建了一个幸福的家庭。我的丈夫在我眼里英俊潇洒且有学问。但他时常自惭形秽，认为自己不如刘耀武浪漫、多才多艺，总是提心吊胆，怕我对刘耀武的旧情复萌。他爱我至深，对我却没有卸下防备。只要刘耀武一天不结婚，他的这种心理就不会有丝毫的改变。所以，我写这封信，也是为了我的丈夫，为了我的家庭。现在我们都没从那场故事中走出来，我相信你也很累，刘耀武也很累。白小姐，希望你能重新考虑你们之间的感情和未来的归宿。

顺颂时绥。

王玉莲

1947 年 5 月 16 日

原来，白桂荷有两个心结：第一，她认为刘耀武品性卑劣，道德败坏，喜新厌旧，自己受到了极大伤害；第二，她觉得王玉莲是无辜的，也是受害者。既然王玉莲和刘耀武已经结婚，自己就不应该再去打扰他们，更不应该在王玉莲生气出走时乘虚而入。自己本来是受害者，如果让王玉莲成为第二个受害者，不仅道德不容，自己良心又何在？所以她一直坚持绝不与刘耀武再见面。现在，王玉莲的信留给了她重新梳理感情的空间，知道王玉莲已有了幸福的归宿，心里的结也打开了。而且，她心灵深处对刘耀武的爱情的火种根本没有熄灭，而是随着腹中胎儿的成长，逐渐蔓延，愈燃愈烈。此时，她急切地想见到刘耀武，想向他倾吐八九个月以来的离愁别绪，以及命悬一线的处境，想向他诉说自己误解他的自责，想抚平他受伤的心，想和他一起享受即将为人父母的欢愉。

白桂荷把信交给了姑姑，说："看来是我错怪了刘耀武，我对不起他，也对不起父母和姑姑。对不起了。"说完她就扑在姑姑的怀中，两人都禁不住潸然泪下。

姑姑抚摸着她的头发说："赶快给北源发电报，让刘耀武陪着你妈来天江。这生小孩就像瓮沿上跑马，是女人的一个大关，你妈生了你们俩，有经验。"

白桂荷深深地点了点头。

当刘耀武和白太太来到天江家中时，已经是两天后的下午六点多了。家中没人，门上上着锁。

刘耀武说："不对呀。我的电报说得清清楚楚，咱们今天到。怎么会家中没人呢？"于是他向邻居打听。邻居说，白桂荷和姑姑昨天就去医院了，看他们从千里之外赶来，风尘仆仆，非常疲惫，就让他们进屋休息，喝口水。他们心急火燎，哪有心思休息。刘耀武怕白太太年龄大了，在路上颠簸了两天受不了，就让她在邻居家休息，自己去医院。可是，白太太怎么也不肯，坚持要和他一起上医院。于是，白太太只喝了两口水，把随身携带的东西寄放在邻居家，两人坐着三轮车就往医院赶。

他们来到医院，一路走一路打听，好不容易才来到了产科病房。大夫听说他们是从北源来探视白桂荷的，上下打量了一下刘耀武，问："你是孩子的爸爸吧？"

刘耀武涨红了脸说："是。"

大夫又说："你可真有福气，娶了这么好的媳妇儿。孩子胎位不正，难产，折腾了一下午，孩子也很难娩出。你媳妇儿出了好多血，身体极度衰弱。我们看她实在疼痛难忍，就跟她商量，为了保证大人的安全，最好把孩子做掉。她死活不肯。她说，夫家三代单传，这个孩子就是他们的命根子。只要能保住孩子，自己什么风险都不怕，哪怕是死。我们干了这么多年产科，没遇见过这样痴情、执拗、坚强的产妇。谢天谢地！孩子终于平安落地了。听到孩子第一声哭声，她甚至没有力气睁开眼睛，就呼呼地睡了。现在母子平安，已回到病房。"大夫又叮嘱他们，产妇经过一下午的折腾已经疲惫不堪，需要好好静养，希望他们不要打扰产妇休息。

听到这个消息，刘耀武一路的辛苦、一路的疲劳好像立刻减轻了一半，腿脚也轻松了不少。他和白太太高高兴兴地来到了桂荷的病房，轻轻推开了病房的门，看到白子倩正坐在病床旁边的一个小凳子上打盹儿。白子倩没有发现他们进来。他们蹑手蹑脚走到白子倩跟前，白太太把嗓门压低到几乎只有自己能听到，叫了一声"子倩"。

白子倩猛地睁开惺忪的眼睛，慌忙站起身来，抓住白太太的手说："嫂子，你可来了，一路辛苦了。"

白太太说："我们只是一路旅途劳顿，你才辛苦了，又担惊受怕的。"

"担惊受怕是真的，真吓死人了。不过没事了，大人和孩子都平安，生了个白白净净的小子。"

白子倩回过头来看刘耀武。刘耀武赶紧上前鞠了一躬说："姑姑好，让您受累了。"

姑姑上下打量着他，说："真不错，怪不得我们桂荷喜欢你。"

刘耀武又低声说："很惭愧，谢谢您。"

他低下头，端详着白桂荷，说："看起来她的情况还可以，就是累了点，让她好好睡吧。您二老回吧，今天晚上我在这里守着。"

白太太说："一路上你就跑前跑后的，你累了，回去吧。再说，回去了我也不放心，我陪她吧。"

白子倩连忙说："没什么不放心的，桂荷挺好。你上年纪了，一路累得够呛，你回吧。再说有什么事儿也得找大夫，你又解决不了什么问题。回吧。"

刘耀武也说："您回吧，放心。有我在，不会有问题。"

二位老人又仔细看了看睡梦中的白桂荷，依依不舍地离开了病房。他们三人又来到了护士站，要求看一看孩子。值班护士答应了他们的要求，从婴儿室把孩子抱出来。然后，刘耀武把两位老人送出了医院，送上了一辆三轮车，嘱咐车夫一路要小心，并付了车钱。看着三轮车缓缓离去，他才返回了病房，静静地守在白桂荷的身边。

第二天一早，和煦的太阳光照在了窗帘上，树上的鸟儿叽叽喳喳地叫着，走廊里也响起了大夫和护士们急促的脚步声。白桂荷稍稍动了一下，似乎被惊醒了，但是并没有睁开眼。刘耀武走到她的身旁，俯身看着她，看她那苍白的脸，看她那疲倦不堪的容颜，一阵阵酸甜苦辣涌上心头，一幕幕生离死别在他脑海中掀起狂涛巨澜。他再也控制不住自己的眼泪，泪珠滴在她的脸上，她的嘴角稍稍嚅动了一下，但仍然没有睁眼，而此刻她不需要睁眼，就知道这是谁的眼泪。她的眼泪也止不住地流。两人的眼泪融为一体，分不清是谁的眼泪。她伸手摸了摸，从枕头下面摸出了那把洋笙，奏起了《洋

笙情》。琴声是那样低沉婉转、不绝如缕。他轻轻地握住她的手，

随着琴声低沉动情地哼唱着："夜深沉，鸟入林，野花芬芳醉秋风。

松柏翠，泉水纯，大榆树下心交融。琴声缠绵化鹊桥，皓月高照做媒证。

天荒地老志不改，海枯石烂情更深。"琴声歌声缓缓地甜甜地萦绕

在温馨的病房，萦绕在他们心中。白桂荷紧紧地攥住刘耀武的手，

再没有松开。

后 记

　　我出生在二十世纪三十年代末，是土生土长的包头人，历经抗日战争和解放战争，可以说对包头的社会变迁熟稔于心。对老包头的社会百态、盛衰荣枯及老包头人的生活习惯、婚丧嫁娶、人情事理等了然于胸。在退休后，我放下了肩上沉重的包袱，总想把自己的亲身经历及所见所闻变成文字，以留存下我对历史的记忆并疏解自己的乡愁。特别是到了耄耋之年，我更有一种责任感和紧迫感，所以我就自不量力地拿起了拙笔，写了一些不能称之为文章的文章，

《洋笙情》是其中唯一一篇小说。

《洋笙情》，为什么要叫这么一个蹩脚的名字呢？有人认为把口琴叫洋笙很土气，又有人会说有崇洋媚外之嫌。其实不然。第一，这种叫法符合当时的社会背景；第二，笙是我们中华民族的祖先独创的，后来传到西方，他们仿照笙的发声原理，创造了风琴、手风琴、管风琴及口琴。其中口琴的演奏方法、音色很像笙，把它叫作洋笙是合情合理的。

故事中的主要人物都是有原型的，是我非常熟悉的、抬头不见低头见的邻里。其中，刘耀武的原型英俊潇洒、风流倜傥。那时几乎所有的年轻人都剃着光头，他却留着分头，而且上着发蜡。在别人穿着粗布上衣、大裤裆裤子，而且用绦带裹住裤脚的时候，他时常洋装革履在身。我看过他的戏，他演妙龄女郎，确实可以以假乱真。最让人艳羡的是，他有一份电报局的好工作。

白桂荷的原型是隔壁院中的一位富家小姐。她容貌漂亮，身材高挑，穿着摩登。为了向意中人传情，或是与他联络，她经常从她们院中上到房顶，再艰难地绕到我们院的南房房顶上吹奏洋笙，引得我们大院中的人驻足观望。她大胆开放，不在意院中人的指指点点、窃窃私语，甚至不在意刘大爷含沙射影地指桑骂槐，面不改色，我行我素。刘大爷虽然是一个毛毛匠，但他品性善良、性格直率，口无遮拦，疾恶如仇，深得院邻尊重。其他的人物好像也能影影绰绰地找到他们的原型。

故事中的一对佳人纵情山水的地方都曾留下过少年时的我的足迹。转龙藏是学校每年春游必到之处，学生们都会在龙口下面戏水。每年秋天我和同学们结伴到刘宝窑子打酸枣，尽管双手被枣树上的刺扎出斑斑点点的血迹，但品尝着又甜又酸的酸枣，我们早把那点疼痛忘到九霄云外了。西脑包的赛马盛会，人声鼎沸，我个子小，虽然企足引颈，也只能看到骑手的头在动，看不到马在跑，但也乐此不疲。最有意思的是，在赤日炎炎的盛夏，到小河套耍水。记得有一次，我们同学四个同乘那条小橡皮船在湖中漂荡。当从湖心返回，到离岸不远时，有两个同学起哄搞恶作剧，来回摇晃小船，嘴里还喊着："翻船，翻船。"四人中只有我不会水，我被吓破了胆。求他们无效，我便使劲地喊，声嘶力竭地喊，带着哭腔地喊。他们根本都不理我，继续使劲摇晃，船终于翻了。当我落水的一刹那，我也破涕为笑了，原来湖水才刚刚没过我的膝盖。从此，全班同学都拿此事来笑话我这个胆小鬼。

2024 年 3 月于北京